08

All about Love

08

All about Love

Love at the End of the World

在世界盡頭，愛你

KAI ———— 著

Chapter

在世界盡頭，
愛你

Love at the End of the World *by* *Kai*

是的，我愛妳，而且非常非常深

序曲

「太平洋」。這片海的名字是由葡萄牙航海家麥哲倫所取的，意即：安靜的海洋，他經過三十八天驚濤駭浪的生死旅程後，由這片海洋救了他，但是海其實不屬於任何人而且本來也沒有名字，它從遠古時代就一直靜靜的躺著，雲來雲走、船去船留，它就一直在那裡，不喜也不悲、不捨也不取、不遠也不近，其實，愛情也是這樣，它從來就不曾向誰要過什麼，然後，直到我們都不自覺跳入那片海洋。

初春，我正躺在花蓮南部的海岸邊，從來沒想過我竟然也有一天會到這裡來，青澄澄的天空無垠的向遠方伸展，一直到接觸太平洋那端就好像煙火般炸出整排巨大的積狀雲，被陽光照得發亮的雲把我的雙眼刺得發疼，海潮聲不停的旋繞四周，我坐了起來，回想這幾年的點點滴滴熙熙攘攘，此刻，我看見女孩牽著腳踏車漫步而來，她的裙襬被海風拂得像白色浪花輕盈，亭亭玉立的她前幾天才剛學會騎車呢，我起身拍拍褲子的灰塵，風吹過來的時候帶有一股清爽味道，我朝她的方向走去，就像在山洞中尋找光線並且朝光的方向前進的原始生物，溫暖的海洋和她的笑容構成一幅美麗的油畫。

「哥！回去囉。」女孩對我揮揮手笑著。

我也揮手然後稍微斜著頭看看她，我想，這女孩的確帶給我某種特殊的感情，而且，我不曉得那感情是否藏著什麼危險準備帶給我深深傷害，不曉得那感情是否會讓我在某個早晨完全地融化消失在地平線上，不曉得那感情是否會讓我在某個夜晚被烈焰燃燒成灰燼，不曉得……但我心底深處仍盼望著，如果有一天，女孩能夠想起那段只屬於我們的回憶，那麼，所有一切都將變得渺小無所謂了。因為，我終於可以很勇敢、很勇敢的回答關於愛情這個巨大的、遠古的人生問題。

是的，我愛妳，而且非常非常深。

之一／自我介紹

我經常對身邊所有的人事物抱持懷疑，並不是完全不信任，而是保留一小塊灰色地帶給自己，不管對家人對情人對朋友都是這樣，就像擁有靈敏嗅覺且腦袋多疑的狗，稍有緊張的氣氛我就立刻豎起尖尖的耳朵露出不算誇張的犬牙，靜靜的看望著周遭，可是通常這樣的動作不會讓人發現，因為我總是刻意壓低自己的情緒、注意自己的臉色和動作，沉默然後警戒著，可是卻又戴著搞笑的人生面具，那是我的習慣動作，雖然像多疑的狗，但至少不算是無法靠近的刺蝟，所以我還能跟周圍的人保持不錯的關係，並不是很想這麼做，因為我也可以孤芳自賞，也可以高傲不馴，甚至有時候會想「乾脆跟他拚了吧！」這樣，但環境總是會告訴你該怎麼做才不會變得奇異，尤其是我的個性不願意站在能見度高的地方，所以我也就失重的在體制漩渦中浮沉，就像在監獄裡上廁所也要報備的囚犯，我想這就是體制厲害的地方吧，而後遺症就是常常不能放鬆，我想這是我的個性所必須要承擔的最糟部分，最近，當我又開始因為周遭而警戒時，我想起小時候的幾件事。

大概十歲左右的童年，到了節日一家人經常坐味道難聞的中興號來回台北台中跑，有一次在某地的轉運站停留休息，上完廁所的我走回站台時發現那兒有四輛車並排停著，對十歲的我來說簡直就像高大詭異的城牆在我面前排開，每台都長得一模一樣，而且弔詭的是全部都寫著往台中，我開始緊張起來，因為我完全忘了要上哪一台車，就那樣我冒著冷汗上下車，連上錯了兩台車後在廣場附近被父親找到，那個瞬間我心底的石頭全部放下來了，興奮開心地奔跑著往父親的方向撲去，結果，我父親罵一句王八蛋後就惡狠狠地摑了我一個大巴掌，一個讓我向地上趴去而且腦袋暈眩的巴掌，到現在我還完全無法諒解那個巴掌的意義何在。還有一次，班上的美術課要交素描作業，我想不出來該如何畫，所以拿著鉛筆和圖畫紙奮奮地跑去找父親，父親在我畫好的沙灘上面放上幾個人和陽傘，還有挖沙的器具和海灘球，看到大概的雛形我忽然間有了想法，應該不是這樣吧我說，父親聽了後臉色劇變，突然發狂的把我手中的鉛筆拿起來往房間門口丟去，把圖畫紙撕爛並且把我關進房間裡。這兩件事至今，我只能用這是父親不耐煩的個性來作解釋，也是因為我惹他不耐煩了所以活該倒楣吧，我很記得，這兩件事發生後母親都這樣對我說：「爸爸他就是這種壞脾氣，但他其實很愛你，只是不知道該如何表達而已。」當然，這樣類似的暴力事件（包括語言暴力）並沒有停止下來，一直持續到我離開家裡自立後才慢慢改善，我想這大概跟人的習慣有關吧，對，我只能訴諸於習慣，否則我不曉得怎麼自處，畢竟他是我親生爸爸呢。

其實很愛你，只是不知道該如何表達而已。

我苦笑，因為三年前某個夜晚未婚妻也這樣對我說，未婚妻小我兩歲是個滿獨立的女孩（只是我自私的以為吧），還記得那是個很涼爽的夏夜，當時其實我又警戒起來，雖然表情沒有任何改變，但我卻是緊繃著神經躺在床上靜靜聽她說話，那樣的警戒彷彿變成是一種預感。隔天我下班很晚，原本晴朗的天氣突然下了雨，到家的時候因為沒帶傘而全身淋溼了，她放了一方信封在我們同居的客廳餐桌上，我記得桌面被清理得很乾淨，碗盤和衣服都洗好了，只是她的衣物都被帶走，一張相片都沒有留下，是一封分手信，裡面還放著 George Jensen 二十分的鑽戒，我不曉得我們到底有什麼問題，就像我也不知道我和父親之間到底誰有問題，然後這世界到底又是怎樣運轉的，我突然全身軟了下來，躺在沙發旁一句話也說不出口，這是難得的放鬆，很可笑的難得。

我轉開音響放了 Todd Rundgren 的專輯來聽，還記得那首歌是 Can we still be

friends，諷刺到家，然後我打開好久沒喝的布納哈本威士忌，重重的泥煤味嗆入喉嚨中，隨之而來的淡淡甘甜味和胃部的燒灼感帶著我進入非現實感的世界。六年半不長也不短，可是卻真真實實的結束了，就像學生暑假結束後的徬徨感，信紙上的字很平靜的躺著，裡面提到我的自私，她總是說我自私，但也不曉得怎樣表達她自己的情感，因為我的自私讓她無從使力吧，她這點有時候真可愛。

酒精發酵，我開始回憶一些美好畫面，流星雨來的時候在香港淺水灣向她告白，然後我們牽起手說要當兩顆不會消逝的流星，隔天下雨的夜裡我們接吻做愛，嘩啦嘩啦的好美，回到台灣那年我三十歲，在一家餐廳裡向她求婚，由於兩人工作還沒穩定所以先訂婚為先，在一家配合得天衣無縫的餐廳，裝有甜點的餐盤上用紅莓醬汁寫著『嫁給我』三個字，一切都很順。為什麼情人間總是在分開的時候想起美好的事物？雖然我獲得難得的放鬆，但我真的一點也不難過嗎？還是會的，大家都一樣吧，最愛的人突然從身邊離開了，只留下一封無所謂的信和戴了一年的戒指，然後想到半夜加班後，回家鑽進棉被裡再也沒有人會等著你給你熱熱的擁抱，想到有好事情再也沒辦法馬上拿起手機打電話跟她分享聽她說「真的嗎，好棒！」，想到生病的時候再也不可能讓她陪我去醫院掛號讓她照顧，想到依賴這個字眼從此就要從生命中消失一段時間，也許是一段很長的時間，心裡就會覺得被錐形物撞到一般疼痛。我打了通電話到未婚妻家裡，想說至少也要打聲招呼維持基本禮貌，她媽媽接到電話對我說：「小琴被你傷得很深啊，放她走吧，也放你們兩人自由吧。」

到底什麼時候開始的呢？我竟然傷人很深？我將信紙再攤開來看了一下。

我想我們以後不要再見面了，戒指還給你，爸媽那邊我會跟他們說清楚的，也希望伯父伯母能夠體諒，我會打個電話跟他們聊一下。這件事其實我已經想了很久，幸好我們沒有真正結婚，在沒有家庭和小孩的包袱之前分開，我想是最好的方式，對你對我都好。你曾說過我們要當兩顆不會消逝的流星互相依伴，這句是很浪漫的話，我很喜歡，但現實生活中流星還是會消逝的對吧。而且在你身邊我覺得我像是一顆永遠都在發光發熱的恆星，但永遠不會照亮你心中陰暗的角落，我好累，真的。有時候我只想要當一顆小衛星圍著溫暖的星球繞啊繞的就夠了。我還是愛你的，只是不知道該如何再相處下去，『因為你的眼中永遠都只有你自己』，請原諒我的不告而別，也請不要再來找我，這是我的最後請求。Farewell。

Farewell，流星劃過大氣層然後燃燒殆盡，到這裡故事好像完結了但又不完全是結束的感覺，當下我站在一個既不是終點也不是起點的地方飄蕩，就是那種以為所有東西都不見消失了，但我本身卻還存在的非現實感。那既然存在，人生就必須要有下一步了，不管願不願意、喜不喜歡，生命會逼迫你往下走，那接下來是什麼呢？分開後我常常這樣問自己，接下來是什麼呢？接下來，先談一談我的事，對，自我介紹，人就是這樣，總是要有一些不用加以解釋和說明的客觀事實讓他人來認識自己，就像小學的時候縫在制服上的班級姓名標籤，也像囚衣胸前的編號，看你要如何想都可以。

□

從前從前，我當過大學吉他社的副社長，所以在新進學弟妹面前不免都要自我介紹一番，但我對這個很不擅長，很頭疼，**太想要簡短的定義自己總是會有反效果**，因為大家總是喜歡說我是怎樣的人，我也半信半疑的接受了，但人心複雜，最後發覺其實自己並不是那樣，然後就陷入逐漸混亂的窘境，這就是反效果。不過幸好副社長這個角色通常都是伴隨著社長而生，待社長長篇大論後，我只需簡短的講述一下入社規範或是社費之類的事，然後等到我自我介紹後，下次通常都不會有人記得了，這是當副手的好處，我並不是不想讓人記得，而是因為我通常記不住別人，但當別人記不住我的時候我又會不高興，所以乾脆盡量都別讓人記得，以免麻煩。

好了，該認真的聊一下我自己的客觀事實——我叫樹，從小樹，阿樹一直到現在的樹哥，看你們怎麼叫都行，三十三歲，現在九月，到十二月底我就滿三十四歲了，三十三歲，一個令人完全不感興趣的年紀，連自己都唾棄的年紀。身高體重就免了，路上招牌掉下來都會砸死一片跟我相同身高體重的男人，爸爸媽媽一個妹妹，感情不怎樣，但畢竟是家人還是會維持一定的溫度。接下來是工作，台北一家上市公司產品課長，大陸也設有工廠，千禧年初躲過金融風暴而幸運殘存下來的公司，代工3C產品毛利很低，靠著衝量來維持表面營收，內部鬥爭激烈，佔著茅坑不拉屎卻又領高薪的人很多，是工業區裡尋常馬路上卡車失控撞進大樓裡就會撞到的公司。

而通常一個經理下面會有許多課長以供差遣，不用發言不用人家記得，接案照做就對了，挺好的，但必須默默的拚命做事，手底下也沒多少人，一方面擔心新人無法抗壓，一方面又要承受上面的壓力並且適時揹上黑鍋，這點倒是辛苦，不過現在一個人，不必在意加班多晚，不必在意出差大陸的時間多長，也好。

養過一隻中型柴犬一年多，大概是未婚妻離開我的時候養的，不過卻走丟了，是牠自己想離開還是被強迫帶走的我不知道，但至少我對牠還不錯希望牠能幸福，我到現在都還會夢到回家時牠搖著尾巴等我的模樣，而且因為牠不在了，我就逃避似的從一樓搬到二十三樓，這年頭大家都從我生命中離開，嗯，挺厭煩的。不太會游泳，喜歡吃海鮮，也喜歡做菜，廚房是在家中最神聖的地方，常常一個人逛書局，一個人去泡露天溫泉，一個人深夜吃吉野家，一個人待酒吧到凌晨，然後偶爾會一個人去看電影，之前本來不行，但後來勉強自己看了一場後，發現那也不是什麼了不起的事，多練習就好，**原來習慣寂寞這件事是可以練習的**。

大概這樣，介紹完畢。

不過……

生命並不會因為自我介紹完畢就砰的一聲像忍者煙霧一般結束，在人生舞台下面的觀眾會丟報紙罐頭上來叫你多講一點啊，這樣就結束未免太無趣了，所以接下來是什麼呢，接下來……就假設你會問我最近過著什麼樣的生活來繼續吧，就像我說的，生命會逼迫你，走・下・去。

之二／Little Surfer girl

我和未婚妻分開後這三年，覺得自己每天就像背部被頂著槍管逼迫著往前走的戰俘，怎麼說呢，那就像被放逐到戈壁或是西伯利亞的俘虜，舉目所望只有殘酷與荒涼，唯一有感覺的就是背部那一堵槍管，可能稍微一回頭就會被擊斃，所以帶著窒息般的恐懼小心地往前走，有時候我會突然地想死然後猛地回頭，結果那裡卻什麼都沒有，空盪盪的，大概是這種感覺。一回首才發現原來我過著極為孤獨的生活，沒什麼聊得來的朋友，我的生活大部分都在公司與住家之間來回奔忙，雖然存款跟著年資越久累積就越厚實，但也沒多餘的錢揮霍人生，房租要繳、保險要繳、給爸媽固定的生活費還有車貸也要處理，慶幸自己沒什麼雅痞情結，所以簡單的生活還過得去。

然而，這樣孤獨情況久了比較麻煩的就是會自然而然染上一些奇怪的習慣，沒事就在家自己一個人瞪著玻璃杯發呆到睡著，彷彿可以感受到時間流動時的粒子，在開車的時候會計算前方車牌號碼的關聯性，例如『2204』2的2次方等於

0＋4，嘴裡會默默的唸著，討厭人多的地方而且走路會愈走愈快等等，當然，一個人也有好處，做什麼事之前不必向誰解釋，不必去討好誰硬說一些冷笑話被白眼，就算瞪著玻璃杯也沒人會問我幹嘛要瞪它，衣服沒洗就沒洗吧，垃圾要一天清一次還是一週清一次自己決定。雖然表面上感覺正常，但還是有些敏銳的傢伙會跑到我身邊對我說：你其實是個怪胎，對吧。

但是，到底什麼是正常什麼是怪胎我也搞不太清楚，過了三十歲還是有很多事情沒搞清楚，身體陸續出現了一些不算太嚴重的小毛病，像是牙結石，胃食道逆流，久久運動一下膝關節就喀啦喀啦的響，大腿內側皮膚長了莫名其妙的小黑痣，偶爾這裡痛那裡痠的，半夜只是小小的胃痛都會絕望的想像自己是不是得了什麼絕症那樣，記得學生時發高燒到四十度依舊去打籃球，撐到去醫院還被醫生罵不愛護自己身體，當時我心裡只覺得「喔，原來這麼嚴重啊」那樣，然後笑嘻嘻的吃藥，我想這大概就是三十三歲與十七歲的差異吧。

□

九月第一個星期三凌晨十二點，為了明天早晨會議我絞盡腦汁將產品計畫做好報告，以為不會花很長的時間結果還是弄到凌晨，所以很明顯今晚沒時間自己做飯了，剛下班的我走進昆陽站對面24H的吉野家，通常在深夜加班後不能夠直接回家，必須要到一個中途點暫作緩衝，否則人會有視覺神經暫留的毛病，回到家腦袋仍然轉動著公事而難以入眠，吉野家就是扮演中途點的角色。我不看菜單習慣的點了一份牛丼加半熟蛋，很好，整家店如預期的一個人也沒有，我選擇角落的位置坐下來，拿出村上龍的《其實你不懂愛》來讀，我喜歡在深夜裡讀村上龍的作品，總覺得他了解我所不知道的黑夜，真正的黑夜。天花板正播放著The Beach Boys — Surfer girl，很難得會聽到這首歌。

Little surfer little one
Made my heart come all undone
Do you love me do you surfer girl
Surfer girl my little surfer girl……

我靜靜的聽著然後看書，讓人感覺在海邊呢喃的一首歌，很適合深夜，適合海邊和浪花，但不適合吉野家和單身男子。

我很謹慎的將蛋打進牛丼裡，慢慢的挾薑片灑進去倒了日式醬汁然後充分攪拌均勻，每顆米粒翻滾在蛋汁以及醬汁中好不愉快，這跟在做泰式炒飯一樣，蝦醬、魚露以及椰汁的完美結合讓每顆泰國米呈現淡淡金黃色，再放入肉丁和佐以檸檬汁烤過的草蝦一起炒，這是深夜中唯一讓我心情興奮的地方。

我左手擎起書右手拿著湯匙將飯與牛肉送進胃裡，The Beach Boys的歌聲，如果現在是在南洋的海島上該多好呢，不過我想也是一個人吧，我想像著漸漸沒入海面的夕陽、可樂娜啤酒和背後刺刺的草編涼席，然後在半小時之內看了書的幾個段落，將飯吃完一半，看起來很和藹的小胖子店員在廚房裡認真的把食物從不知名的器具內移到另一個器具裡，我喜歡這樣在無人看管的情況下做事還很認真的人，總覺得他們的人生比我要實在多了，背景音樂換成輕鬆的爵士樂，小號喇叭綿密的送出音符，好像這個樂手永遠都不用換氣一般，貝斯弦振動著空氣傳出低沉的聲波，有人說爵士樂是有故事的音樂，沒有經歷過一些事情的人是無法演奏出有靈魂的音樂，當然，那一些事情大部分指的是愛情。

「嗨，不懂愛先生。」在書的後方露出一個戴著淡棕色墨鏡的女孩臉龐，她用食指將我的書往下勾，太沉浸於書本裡，女孩什麼時候進來的我完全不曉得。

「嗯？」我皺著眉先是四周看看，然後再望向這個深夜裡還戴著墨鏡的奇怪女孩，她的皮膚很白，不算瘦而是讓人感覺飽滿舒服的身材，挑染後的長髮，穿著紫色格子襯衫和短得誇張的牛仔短褲，揹著時下流行的紅色曼哈頓側背包，左耳還塞著一顆 iPod 耳機，散發年紀輕所獨有的氣息。「妳是？」

「這麼快就忘記我是誰。」女孩笑起來時兩側都露出漂亮的虎牙。小胖子店員將女孩點的牛丼放到櫃檯並且按壓了一下鈴聲通知，女孩乾脆的起身去拿餐，我搔搔頭努力的回想我到底在哪裡認識這個女孩，這段單身的時光裡，手機除了公事和鬧鐘功能之外都是一些詐騙簡訊和催繳通知，有關異性的訊息從沒出現過，心裡習慣性的警戒起來，這該不會是詐騙吧，想約我去開房間然後再叫來黑道上演一場仙人跳，我被揍得鼻青臉腫然後還被勒索，這可就麻煩了啊我搖搖頭。

「搖什麼頭啊，不懂愛先生。」她在我的對面坐了下來，一股淡淡的香味飄了過來，讓我想到小孩子純真的笑容。

「妳，為什麼一直叫我不懂愛先生？」

「因為這本書啊。」她伸出手把我的書合起來露出封面。「欸，你該不會真的忘記我們怎麼認識的吧？」

「跟妳老實說好了，第一我沒有錢，第二呢我雖然單身，但是對性這方面也不是那麼的渴望，所以別浪費時間在我身上了，可不可以請妳去找別人。」

女孩噗的一聲笑出來。「哈哈，你是腦袋有洞嗎？你以為我是幹嘛的啊，拜託。」說完女孩將墨鏡拿下來，左邊眉頭明顯紅腫，還有一道一公分左右滿深的傷口但卻完全沒有處理，大概只有用面紙壓過擦乾血漬的程度而已，難怪她要戴著墨鏡，這女孩到底發生了什麼事呢？

「你真的很靠北，逼得我一定要拿下墨鏡，吶，這樣你記得了吧。」脫下墨鏡的她的笑容突然有點令人心疼。

「喔，那天在誠品的少女。」我說。

上個星期的平日夜晚，我站在文學區書堆旁看書，由於實在太睏，我一個轉身將書堆整個打翻，書像下雨一般紛紛掉落到木板地上，女孩剛好經過，立刻蹲下來幫我撿書起來擺放，我沒有按照書本分類擺放，『這樣誠品店員會很辛苦耶』女孩堅持的說，然後把地上的書分類整齊的擺放回去，最後一本《其實你不懂愛》卻找不到原位擺，書堆上沒有書架上也沒有，就像書局打烊後偷偷將異世界的門打開跑出來的書，最後我將這本書買下來，轉眼之間女孩就不見了，對於這樣的事我實在沒辦法記得清楚。

「這麼晚了，怎麼會在這裡？」我問。

「肚子餓啊，跟你一樣吧。」女孩說，然後扒了口飯。

「妳看起來很年輕，幾歲呢？」

「十八歲半，你呢，看起來也不太老。」她毫不在乎的喝了口味噌湯，然後竊笑。

比預期的還要小，我非常驚訝。「沒禮貌，我大妳一輪了。」我將飯扒完。

「三十歲，也還好啦。」

「正確來說是三十三歲半。」

「這倒有點老了喔。」她不在意的喝了口可爾必思。

「吃飽了早點回家吧，我想妳的父母也會擔心吧。」

「拜託，老頭，現在多少人才正要開始活動呢。」

「嗯。」我不曉得要說些什麼，於是又把書拿起來看，我實在很不擅長跟不熟的女孩說話，尤其年紀又差這麼多，感覺沒大沒小的更不知道該如何開口。

沉默了一會兒已經將近一點，女孩又開口。「不懂愛先生，看這本書你懂愛了嗎？」

「怎麼可能。」我搖搖頭。「如果能看完一本書就懂得愛情的話，那我願意付出非常高的代價去買那本書。」

「多高的代價？」

「這不關妳的事吧。」

「有的人是想愛但是卻愛得辛苦難過，但，有的人卻不知道自己到底還能不能再愛。不懂愛先生是哪一種呢？」女孩不理我的冷淡回應。

「這種。」我不耐煩的將書打開翻到桌面上。

你不懂，愛情是什麼，直到你老到會為藍調落淚，直到你會因為失落而度過死亡忽隱忽現的夜，直到你不賭上性命就無法接吻，直到你品味含淚苦澀的唇，雙眼紅腫，失眠驚恐，直到你了解自己竟然那麼自我，你不懂，愛情是什麼。

女孩用手指順了順髮然後托著腮說：「我大概知道這句話所表達的感覺，我想這就像一步和十步的距離一樣喔。」

「一步與十步的距離？」

「我常常站在一步之遙的地方緊跟著他，但這無法看見他的全部喔，要看見全部就必須要站到十步以外的地方看著他，這樣才能了解他呢，但我做不到，要了解愛情我想也是這樣吧。」

「他是指？」

「男朋友啊，廢話。」

「喔。」現在十八歲的女孩有男友並且在十二點以後才開始夜生活也不是什麼稀奇的事了，跟我超過九點回家就會被揍一頓的那個時代差別太大。

「所以妳是說寫這句歌詞的人已經站在離愛情十步以上的地方囉。」我突然有點好奇。

「大概是這樣，我想不止十步了，已經站在離愛情好遠好遠的地方看著它。」

「喔，那我想我也有一百步以上吧，站得太遠所以更看不清楚。」

「才不呢，我亂說的啦，你是不懂愛先生，我是不懂愛小姐。」

「叫我樹吧，別再那邊不懂愛了。妳叫什麼名字？」

「芊嫙。草字頭下一個千字，女字旁再加一個旋風的旋，唸懸～很繞口吧，這名字太氣質了，跟我的個性根本不像。」最後一個字的尾音拉得特高。

「芊嫙。」我思考後唸了一下。「倒還好。」

「樹大哥。」芊嫙想要將墨鏡重新戴上，但墨鏡的耳掛卻不小心戳到了左邊眉頭的傷口，鮮血像鑿開井水一般流了下來，芊嫙的眼睛被血水染到叫了出來。「幹，好痛喔。」

聽到這樣的小女孩罵髒話我不禁笑了出來，不過因為血實在流得又快又多，我趕緊拿面紙給她幫她壓住傷口，並且將她的頭往後仰，摸到芊嫙的額頭才發現她的皮膚實在很好，這就是青春的印記。

「喂，不是我在說，妳這個傷口幾乎要去縫針了，怎麼不去處理。」

芊嫙不說話，只是一個勁的拿面紙貼住傷口。

「妳家在附近嗎，吃飽飯我開車送妳回去吧，這傷口要快一點處理。」

「不用理我了，我才不想回家，樹大哥你有事就先走吧。」

我看了看手錶已經凌晨一點半，我心想這女孩跟我無親無故沒必要再留連下去，明天還要上班也該回去了。「好吧，那妳小心一點。」我將面紙都給她，然後將餐盤收拾背包揹上離開了吉野家。甫一出門口，腦海裡馬上浮現未婚妻寫的信，我站在門口附近的騎樓下躊躇……

『你的眼中永遠都只有你自己』

這句話好像打了我一巴掌似的，是啊，從來我想到的都是自己而已，我轉身往吉野家的門口走回去，如果世界上所有事情都是註定發生的，那麼我轉身這個動作必定是個意外，而這意外卻改變了我往後的人生。

芊嫙在回家的路上一句話也不說的望著車窗外流動的夜色，一直到我按壓音響按鈕放出 The Beach Boys 的 Surfer girl 後她才放輕鬆的展露笑容聽著。由於她的傷口實在需要趕快處理而且又堅持不回她家，所以我不得不把她帶回我的住處，雖然我擔心是不是會被說是多管閒事而被拒絕，不過芊嫙倒也很自然的跟我走進車內，那時剛轉身回到吉野家看見她啜泣，她卻面對我擺出非常驚恐的表情，好像小孩子做錯事被大人發現的表情，一直叫我轉過身去等她擦乾眼淚，接著，擦完眼淚的她又用很平常的臉色看著我，好像什麼事都沒有發生似的，我感覺到一種好強心理，大概是小女孩面對不熟的人時那種好強吧，雖然這樣的好強我並不是沒見過，在公司裡有些小女生被上級罵完以後就會是這樣的表情，不過那又好像有點不同，芊嫙讓我感覺是真的不想要讓人照顧的那種好強，跟公司的女孩一下要哭一下又期待些什麼的不同，芊嫙的表情就像股暖流似的讓我感到有點心疼。

「Surfer 是什麼意思？」芊嫙問。
「衝浪。」
「衝浪小女孩，衝浪小女孩，為什麼這首歌一直唱著衝浪小女孩？」芊嫙笑著說。
「這倒是要問 The Beach Boys。」
「那是什麼？」
「海灘男孩。」
「為什麼要問他們？」
「妳問題好多喔，因為這首歌是他們唱的啊，海灘男孩樂團。」
「喔喔，聽都沒聽過，新的樂團喔？」芊嫙天真的瞪大眼看著我。
我笑了出來。「四十年前的團了，裡面的人要是活著，應該都老得走不動了。」
「海灘老頭愛上衝浪小女孩，好噁喔。」芊嫙笑著說，我也跟著無言的笑。
我打右轉燈轉進高速道路，路上的車很少又沒下雨，是個很舒服的夜晚，金黃色的路燈腰桿筆直的挺著朝我們快速奔來，為什麼路燈能夠排列得這樣整齊呢，我一點也不明白，不過至少他們並不寂寞吧，一起亮燈，一起關燈，一起淋雨吹風，一起晒太陽，我好像連路燈都比不上。

「喂，我說啊，妳都不怕我是壞人嗎，就這樣跟我回去喔？」

「難道，你會強暴我？你會拿皮鞭抽人或是用蠟油或是手銬之類的虐待我嗎？你是嗎？」

「怎麼可能？！」我頭痛起來，現在的年輕女孩都在想些什麼啊。「妳現在還在讀書嗎？」我轉移話題。

「不讀了，算是肄業吧，學校對我來說一點意義也沒有，我讀的那個女校爛死了，教官老師每個腦袋都有洞喔，光是男生騎車來載女生放學、裙子短過膝蓋、頭髮長抵肩膀就可以被記大過喔，你看有沒有誇張，之前還聽說有個女孩被退學，原因是在校外生活行為不檢點，搞男女關係，真是腦袋有洞，如果真的去調查學校裡面誰不是處女然後亂搞男女關係就得退學的話，我想全校都要被退學了，根本就是法西斯主義啊。」

我搖搖頭感嘆時光飛逝，現在是二〇一一年了。不再是一九九五年的我，連握女孩子的手都會害臊的我。

「不過喔，我實在不了解性慾這回事，為什麼男生看到漂亮女孩都會像發情的公狗一般，可是真正在處理性這回事的時候又顯得那麼不專心，我男友甚至在做過後就呼呼大睡起來耶，明明在脫掉我衣服之前是這麼誇張用心，你了解嗎？樹大哥。」芊嫙很自然的叫我樹大哥。

「性慾應該是不用去理解啦，不過我說啊，妳的腦袋到底都在想什麼啊。」

「只是好奇吧，性慾應該只是一種好奇心使然吧？所以只要充分滿足了人的好奇心，就不會有性慾產生了，對不對？」芊嫙不理我又繼續追問。

紅燈停下的時候我轉過頭看著她大大的墨鏡和那底下豐潤的嘴唇，幸好，並沒有讓我產生性慾。

「性慾就只是性慾，其他什麼都不是。」說完，我繼續開車往前。

「什麼嘛，我以為像樹大哥這樣的熟男會比較了解呢。」芊嫙邊笑邊嘀咕著，我搖搖頭嘆氣。

回到住處後我著手準備包紮傷口的東西，食鹽水、雙氧水、紅藥水、紗布棉花以及透氣膠帶，由於是靠近眼部地帶，所以也需要金黴素才不會刺激到眼睛，由於離開了的未婚妻是個病房護士，跟她相處的這幾年家裡總是積存著許多藥品，要說她影響我哪裡最深，我想就是積存藥品這方面吧，不過倒也不是什麼會改變人生的影響，或許我以後會想到有什麼更重要的影響也說不一定。我讓芊嫙坐在床邊，然後用棉花蘸了點食鹽水先擦乾淨傷口然後再用雙氧水擦拭，會很痛喔我說，芊嫙不發一語的望著身旁的牆壁，雙氧水接觸傷口的那一瞬間冒出了白色泡沫，芊嫙抿著嘴咬著牙，眼皮不斷的跳動，顴骨的地方也一直在抖動，雙手都緊抓著床單到起皺了，想必是很痛吧，眼睛周圍的微血管很多皮膚很薄所以痛覺非常敏感，可是芊嫙還是拚了命忍住，要是未婚妻早就大聲尖叫起來了吧，看著這樣稚氣的臉蛋卻因為咬緊牙根忍耐而顯得臉部表情扭曲，我就不由自主的感到心也痛了起來。擦完藥水以及金黴素再用紗布以及透氣膠帶貼附就完成了，芊嫙的兩眼佈滿血絲眼淚直流，可是她從頭到尾都沒有吭一聲。

「妳怎麼這麼能忍痛。」我說。

「有些事情習慣了以後也不過就那樣吧。」

「習慣？」我問。

芊嫙沒有回我話，兀自在我床上躺下，然後緊抓著被子背對著我縮到靠牆壁那側，就像蜷曲起來被雨淋溼的小貓。

「樹大哥，今天可不可以借住一晚。我……我不會給你惹麻煩的，拜託。」芊旋說的話很虛弱。

我想大概是剛剛忍痛已經用盡她的力氣吧，但她好像不善於求助他人所以不敢面對我。我瞄了一下桌上顯示著AM2:31的電子時鐘，心裡第一時間覺得很麻煩很討厭，我冷靜的回想一下，這三年來也並不是沒有女孩住過我家，之前有一個喜歡狗大約三十歲的女生，她來我家好像都是為了跟柴犬玩，雖然我們也做愛，但並沒有感情的成分在裡頭，只是孤男寡女共處一室又喝了點酒，類似程序下一步就該做愛那樣。

她總是喜歡在做愛後一個人牽狗出去散步，柴犬走失後她也跟著離開了，有時候我不禁懷疑是不是她帶走柴犬的，後來我有試著聯絡她，好不容易聯絡上後才發現她早已經結婚了。我嘆氣，想起這種不告而別的離開方式就會有點難過，胸口悶悶的，這世界的人好像都可以用隨便簡單的理由離開我（當然，狗是沒有理由的），到底是她們有問題還是我有問題我也不太清楚，應該是我的問題比較大吧。我坐在床沿轉過頭看看背對我的芊旋，像小貓一樣的背部配合著規律的呼吸聲一起一伏，今晚真是奇怪呀，一個陌生小女孩到我家沒講幾句話就這麼睡了，算了，我起身往浴室走去。

洗完澡、吹完頭髮抽完菸將近三點，芊嫙轉過身來平躺雙手將棉被緊緊抱著，呼吸聲稍微放大了些，大概已經掉入如抱著棉花糖一般的夢吧，我關掉燈打開牆角的夜燈然後縮進雙人沙發裡，腦袋卻無法完全靜止下來，明天早會還得面對特助的摧殘，最近的經理不曉得在幹嘛，什麼事都把我這個課長推到戰場上擋子彈，週報、月報以及新產品計畫像夜裡的火車貨櫃一般無止盡的經過我眼前，真累人，然後腦袋浮現剛剛芊嫙咬著牙的表情，我轉過身望著她的側臉，想想這個女孩跟我的交集大概只有現在了吧，接下來是不是又會從我生命中消失了，突然想到以前大學時總是喜歡一群人到山上夜遊，一行隊伍只有帶頭的以及跟尾的攜帶煤油燈，我走在隊伍的最後面，煤油燈光線範圍的半徑大概是五步到六步，一個不注意我脫隊了，前面那個同學嗖的一聲離開了光線半徑留下我一個人在黑暗中，我站在黑暗的中心，失去了方向、失去了依靠、失去了自己的存在感也失去了所謂害怕這種東西，根本也來不及害怕，一直到現在我才能慢慢體會那個站在黑暗中心的我的感覺，**人失去什麼東西真的就只是嗖的一聲而已**。

眼前的人離開光線被黑暗吃進去，那背影依稀還在腦海裡揮之不去，未婚妻的信，柴犬的尾巴，還有那愛狗的女孩，消逝的流星，嗖的一聲都被吃進黑暗中，不存在……消散……失去……想著想著我閉上眼睛作了個夢，夢裡四周一片漆黑只有芊璇站在我面前，身體被暗淡的光芒鑲上一圈銀邊，芊璇靠近托著我的臉然後吻我，柔軟的唇、柔軟的皮膚、如溫室花朵般的香氣，我就像陷入溫暖流沙一般，但我突然理智的推開她大聲說：妳在幹嘛啊，她不理我，自顧自的拿起不知道哪裡出現的粉紅色分藥盒，打開一格吞進藥丸，喝水的時候咕嚕一聲……吻熱熱的……香氣溫溫的……

□

落地窗外射進淺藍色光線，窗外的鳥叫了幾聲，我睜開朦朧的眼然後再閉上，一片寂靜只剩規律的呼吸聲。沒多久，八點半的鬧鐘鈴聲認真負責的響起，地球彷彿被喚醒起來轉動。

樹大哥，謝謝你收留我一晚，沒什麼好報答你的，只好將你的浴室清洗乾淨來當作回報，以後請好好保持浴室乾淨喔，費了我好大的功夫呢，好髒喔，哈。

芊璇

醒來後已經沒看見芊嫙，她將棉被整齊折好，字條用便利貼貼在冰箱上，名字旁有一個大大的愛心，浴室牆壁留有沖洗過的水痕，鏡子也用廢報紙擦得晶亮，各式盥洗用具都強迫的用她的想法擺放整齊，這倒是頭一次有人幫我清洗浴室，我的心中頓時有股淡淡的暖流出現，不過很快的不曉得流向哪去了，我將心收進深處，將便利貼撕下放進抽屜，將某些盥洗用具擺放回自己習慣的位置，我刷著牙，鏡中的自己顯得尖銳極了，一點也不像會幫助小女孩包紮傷口的人，但我明白的，一天的開始就代表一天的武裝自己，昨夜裡不懂愛先生以及不懂愛小姐在某個方面已經成為歷史了，夢也成為歷史，我只知道我仍然不懂愛而且，背部仍有一堵槍管頂著。

之三／是思想製造了好與壞

今天公司早會瀰漫著不尋常的氣氛，特助蘇菲一大早來就板著臉面對會議室落地窗外的山景。

我們很識相的全部都到會議室外等待，我們都了解，因為研發部的技術經理Kent又再度缺席此次會議，已經是第三次了讓蘇菲很不是滋味，至於為什麼Kent這麼愛跟蘇菲作對倒是沒有人知道，這次他無故缺席只讓我和另外三位工程課長前往參與，不過工程課長們都跟我保持有一段距離不願多聊，畢竟我是從產品部調過去的。

名義上是更深入的制定產品計畫與協調建立研發、產品之間的橋樑，但實際上只是為了更完全的控制獨立在另外樓層的研發部而被派去的間諜吧，從他們看我的眼神就知道了，畢竟我是個容易有警戒心的人，而會議室外人人各懷鬼胎，大致上交頭接耳幾秒後就各自回到屬於自己的群體，研發部的一群，產品部的一群，業務部的一群，群體之中又有分老的和菜的，像極了關在動物園裡的領域性動物們，人畢竟也是領域性動物的其中一份子，很容易就可以看得出來。

「阿樹，在研發部的日子如何呢？」

產品部的經理也是我原本的主管麥可從身後拍拍我的肩膀，在公司草創期，研發部是麥可和 Kent 兩個人共同打拚而發展起來的，在營運的高峰期研發部可是公司的招牌，Kent 獨立出去後麥可卻被留在人少資源也少的產品部，當初進公司時在產品部一個人要負責做好幾個案子的計畫，搞得怨聲載道而且成員不斷的在流失，麥可和 Kent 也漸行漸遠，一年前我被特助挑中轉調研發部門，這是我始料未及的事情，不過工作就是工作，對我倒也沒什麼差別，只是討厭產品部的人動不動就來問我研發部的狀況如何。

「還好，老樣子。」我喝著紙杯咖啡輕描淡寫的說。雖然私交甚篤，但我仍無法跟他有什麼太親密的動作，應該是我的問題吧，畢竟我是個連未婚妻都說自私的男人啊。

「嘿，你可是產品部的未來之星啊，能被特助選中過去研發部不容易呢，我想蘇菲一定有什麼特別用意才選你過去的，好好幹啊。」麥可雖然跟 Kent 同是戰後嬰兒潮那年代出生的，但 Kent 給人感覺很穩重，一頭俐落分邊的白髮和乾淨的鬍碴，穿著也有品味，算是工程人員裡少數有味道的男人，不像麥可留著「食之無味、棄之可惜」的稀疏毛髮，戴著老氣的厚眼鏡，說話時傳來陣陣臭味，發黃陳舊的衣服述說著什麼叫吝嗇，令人實在很難注視著他太久。

「我只求準時下班。」我苦笑。

「Kent 最近怎樣了，你有沒有聽說他的事情？」麥可無視我的話又開始對 Kent 假關心真探察。

「老樣子，除了缺席會議，其他的沒看出來有發生什麼事情。」我保持一貫姿態回答。

「我想過一陣子會發生大事喔，你再看看我說的準不準，公司內部會大地震喔。」麥可總是喜歡搞這一套，好像對部門的利害關係非常了解而且掌握牢靠，也許只有這樣的人才能在社會上生存吧。

「嗯。」我並不想聽。

「總之，事情還沒有明朗，你有他什麼消息記得第一時間要讓我知道，對你也會有幫助的，放心，我不會害你。」麥可的語氣帶著命令。

「我知道該怎麼做。」我點點頭。

「嘿，阿樹，怎麼搞得這麼死氣沉沉，提起精神來啊，是不是太久沒去上海喝酒了啊，沒關係，這點小事我幫你處理，交給我。」麥可勾著我的肩又開始對我假關心，問我找到狗沒有，什麼時候結婚等等之類的讓人家不想回答的問題，一直到特助蘇菲打開會議室的門叫我們別等了都進去開會他才鬆手。

一年前業務量擴大，副總突然在經營會議上宣佈將會有個特助來負責國內的經營計畫，而他則將重心放在歐洲的通路以及中國大陸，所以往後經常會到國外接洽相關事項，而特助所負責國內的計畫包括年度目標、新產品開發以及改善部門流程，是一個不管人事的職位，但卻可以任意調動部門裡的人員也算是頗具權力，在權力的浪潮當中，站在浪頭的非麥可與 Kent 莫屬了，但他們卻都個個中箭落馬被空降的蘇菲取代，名義上的理由是說產品以及研發部不能沒有他們倆，實際上副總怎麼想我就不曉得了，有道是伴君如伴虎，這種事怎麼說都對也怎麼說都不對，只能知道的是兩個人對蘇菲的態度迥然不同，麥可選擇不斷的向蘇菲靠攏而 Kent 則是選擇另一個方向。蘇菲的年紀以及身世令許多人好奇，在公司內部的傳言眾說紛紜，即便我不想去聽這些狗屁倒灶的事情也會在茶餘飯後被半強迫的聽他們講八卦。

『聽說蘇菲是某金控集團總經理的千金，剛好跟公司董事長是舊識所以被安插到這裡來。』

『聽說蘇菲待過新聞界，人脈頗廣，這次空降就是為了放消息面挽救公司的股價吧。』

『聽說蘇菲跟公司的高層長官交往過。』

……等等諸如此類的八卦不斷在公司內部流傳，最讓大家好奇的還是她的感情生活，所以公司裡單身男人對她避而遠之，已婚的更不敢靠近，雖然對於這些我實在很厭煩，但心裡還是暗自將蘇菲放在一個位置，人心就是如此，不管多麼冷眼旁觀的事，不管是否真實是否虛假，心中都自有一定程度的評價。

□

「在討論新產品開發的東西之前，我想要跟大家聊一下我們公司現在首要的目標。我想大家都知道前一波金融海嘯使得公司元氣大傷，接下來還有歐美市場的不確定性導致客戶訂單一直處於不明朗狀態，中國工資以及原物料被逼著漲，這等於是內外夾攻，現在副總在歐洲爭取通路商訂單以及不斷的加強中國工廠的體質降低成本，我想要問的是，在國內的我們首要的目標是什麼，有人可以回答我嗎？」

蘇菲今天身著品味良好的長褲套裝，黑色合身的西裝窄版外套滾上銀白色的邊線，裡面搭了一件白色圓領針織衫，萊卡布料的長褲在腳踝上一公分處停止，再往下就是俐落高挑的黑色高跟鞋，頭髮乾淨的盤起，眼神溫和中帶有知性的銳氣，不管從哪個角度來看她都具備領導人物的氣質，但如果要稱讚她是美女的話可能會被同事白眼，她的美極具個人性所以並沒有聽過對她長相的評價。

一分鐘過去還是沒有人回答。這樣的會議已經開了三次，我感覺到蘇菲試圖把在美國工作的經驗帶進公司中，但好像大家不是很領情，還是就只有我感覺到而已？

「品質的提升以及製造週期縮短。」又過了三十秒後，麥可發聲。

「很接近了，不過……」蘇菲走向後面的白板拿起黑筆刷刷的寫了幾個字——信任、效率。

大家還是保持沉默，有的人拿起手機用手指頭劃了幾下，有的人轉頭看看窗外又轉回來，尋常的開會畫面，我心想這樣的公司怎能存活這麼久，大概是靠某種力量支撐著吧。

蘇菲轉過身拉了拉西裝外套下襬推了一下細金框眼鏡，很有氣質的動作我想。

「我希望大家要互相信任，不管是同事間或是部門間。我們在去年其實已經將設計製造的週期縮到最短，應該說這幾年的台灣公司都是不斷的壓縮 Schedule 來滿足客戶的需求，我們能做其他的公司當然也能做，但要做到更快更好，首先信任彼此是必要的。

「因為現在資訊是公開的時代，我們的所作所為大家都很容易知道，客戶知道、上下游廠商知道、同事之間知道，稍微閃失就能產生許多懷疑，有懷疑腳步就會慢下來，效率就會變差，不僅訂單流失，公司內部也會瓦解，所以，效率這件事情就是建立在信任上面，我希望大家可以好好想一下。」

『她的意思就是在這裡我說了算。』另一個產品課長在我耳邊偷偷的調侃。看來蘇菲的話被大家認為是充場面的了，我突然有點同情蘇菲，畢竟她也是想要為這公司好，不過說來說去這一切都不關我的事，所以我繼續保持沉默。

「好，接下來開始讓大家報告。」蘇菲見大家意興闌珊就乾脆的結束話題，表情並沒有落寞的跡象，好像是預期到會有這樣的結果那種表情。「然後有什麼問題請隨意在會中提出，大家共同討論一下，阿樹，你先吧。」

一個小時後結束沉悶的會議，而且就如往常一樣沒有任何結論，新產品的開發也不是單靠我的報告就能夠達成的，研發部缺少了Kent顯得死氣沉沉，光靠產品部一些空想的計畫而沒有實際付諸實行的人一點用也沒有，回過頭來想，特助所說的信任與效率倒變成此次會議讓我唯一印象深刻的事情。

「阿樹，待會忙嗎？抽空給我半小時談談。」蘇菲突然叫住正在收拾投影機的我。

我看看手錶，已經十二點，再這樣下去我看午餐也沒得吃了。

「午餐時間了嗎？那正好，一起吃吧。」蘇菲似乎看出我在想什麼。

為了避人眼光，特助很小心的帶我到離公司稍遠的怡客咖啡用餐，這是我第二次跟她單獨吃飯，之前那次就是為了要調我去研發部門而找我討論，雖說沒聊到什麼，但這之間也相隔一年了。我點了米蘭香草雞腿飯套餐，她則是點了份三明治和熱拿鐵並且堅持請客，蘇菲坐下來的時候迎面傳過來一陣香味，讓我想到優雅伸展的百合，咖啡廳裡播放著Simply Red—Say you love me，很輕鬆的旋律。

「真夠累人的，開這無意義的會。」蘇菲伸了伸背脊，用手掌撫在頸後揉著。

「你應該也是一樣想法吧。」

「我……該怎麼說呢。」我用刀叉處理著雞腿，神經有些緊繃。

「現在是私人時間，咱們就放下在公司的那層關係吧，別緊張，阿樹你可是我學弟喔。」

「學弟？」

「你是東吳財金的吧，我看過你的個人資料，我大你一屆喔，還不快叫學姐。」

「喔！學……學姐。」我驚訝的差點掉下叉子，原來特助還大我一歲，原本以為我年長她許多。「可是，我怎麼對學姐妳一點印象也沒有，既然是同系的，應該或多或少有看過。」

「我喔，大學的時候蹺課蹺翻了，後來就被家裡逼著送到美國讀書，當時我能在學校出現算是奇蹟了吧。哎，我實在討厭外雙溪那地方，蚊子多得要命又有那什麼鬼廟，你還記得入學的時候都要全班帶隊去繞一下那座鬼廟嗎，超詭異的。」蘇菲笑著把咖啡杯拿起來啜了一口，這個動作讓我注意到她的左手腕有幾道疤痕從西裝外套袖口露了出來，雖然已經接近膚色但感覺還是怪怪的，畢竟接近手腕的條狀傷疤會讓人聯想到很多事。而蘇菲近似公關的口吻讓我也無法感到親切。

「記得。」我將目光盡量避開她的手腕，就有如我個性一樣，害怕麻煩。

「對了，學姐有兩件事情要請你幫忙一下，一件公事一件是私事，所以想稍微跟你聊一聊。」蘇菲停頓一下，把三明治吃了一半。

我點點頭等待蘇菲繼續。

「你知道我為什麼把你調到研發部嗎。」

「不知道。」我搖搖頭，不過心裡很清楚為什麼。

「我想讓你幫助研發部的 Kent。」

「幫助？」

「對，我想你最近覺得每週四的早晨產品會議開得很累吧，尤其是你做的那產品計畫。」

「的確很頭大。」我說。

「真是辛苦你了，我們現在有新的規劃，有關於歐洲商業電腦裡關鍵零組件的標案，這才是公司下一步該走的，那些會議其實只是我為了挑出人選而所做的練習，也算是挑選能夠擔綱此次任務的人物吧。」蘇菲的眼神又銳利起來。

「練習？挑選？」我一頭霧水，而且有些不高興，畢竟我最近為了產品計畫搞得生活不正常。

「我大概說明一下。」蘇菲把咖啡又喝了一大口並且起身去倒了兩杯冰開水然後輕輕的坐下，百合花香味。「樹，你知道一家公司最重要的是什麼嗎？」

「不是妳所說的信任與效率嗎？」

蘇菲臉上瞬間堆起笑容，有點不好意思的笑容。「當然不是，那麼抽象的東西怎會是公司的重點。」

「那……是麥可說的品質和週期嗎。」

「他喔，他只會講一些冠冕堂皇的話而已，誰都看得出來他的野心很大。」蘇菲跟麥可的關係好像不是很好。

「那是？」

蘇菲把頭髮放下，長髮微微飄動。「是資金。我說過那些東西全台灣的公司都一樣，我們能做，其他公司比我們做得更好。一家公司最重要的是資金，沒有資金什麼都談不成，什麼技術什麼服務什麼品質的都不用談，因為沒有資金哪來的人才哪來的設備呢。」

「嗯。」我若有所思的點點頭。不過心裡卻是充滿著警戒，默默等待蘇菲下一句話。

「因為歐洲商業電腦的標案副總付出了很大的心力和財力，最近好不容易有些成果了，但底下的人卻蠢蠢欲動擅自接代工毛利低的可憐的案子，像是中國大陸白牌電腦的零組件以及一些代工大廠的低毛利單，看似量很大但實際上根本是賠錢在做，這樣一來等於是在公司資金缺乏的狀況下又再度燒錢一樣。」

「底下的人是指？」

「董事長舊派的業務部以及產品部，他們的簽呈都是直接跳過經營會議到董事長那邊去的。」蘇菲停頓了一下。「其實不該跟你說這麼多，我不希望你捲入公司的黑暗地帶，所以我和副總多方考量才挑中你，你算是一個像水一樣的人，應該是說你保持得很中立，什麼都不信任也什麼都信，也許你只信任你自己吧。

「重點是這些日子你的產品計畫都做得很好，這樣的人最適合幫助有研發能力的 Kent 經理。比起他底下那些有工程背景的人都好多了，除了工程之外你還有站在 Business 的角度來看案子，什麼單該接，什麼單不該接你很清楚喔，你有這樣的能力。」

「我？我不覺得我有什麼能力，產品部裡還有許多人才啊。」

「對。」蘇菲打斷我的話，然後把金框眼鏡拿下來放進黑色亮皮的盒子裡，脫下眼鏡的蘇菲增添了一些稚氣，我想她是天生皮膚就好，讓人感覺很舒服乾淨的臉龐，她向後靠躺進沙發的窩裡，一副放鬆的姿態，我不曉得為什麼蘇菲在我面前能表現得這麼放鬆，畢竟她還是我的上級。「是有很多人才，但他們太自認為聰明了，而且都緊隨著麥可的腳步在走，這樣的人很可怕，就像火車一般，只要火車頭一出軌整列車都會翻覆。」

「那我到底能夠幫什麼忙，具體的？」

「很簡單，那就是繼續維持下去你討厭的產品計畫。」蘇菲將雙手交叉在胸前，食指挑起指著我。「名目上是你現在手頭的計畫，但實際上卻是為標案而做，只需要做一點小修改即可，工廠那邊副總也會搞定，因為你是產品部和研發部的重要中間人，這樣一來可以對麥可有交代，也能讓 Kent 毫不懷疑的動作，這一年多來我相信你跟 Kent 也建立起信任了吧，Kent 是很直的人不喜歡像麥可這樣大搞人際關係，所以我想他一定喜歡你。」

蘇菲的話讓我不禁打了個冷顫，雖說我不認為 Kent 喜歡我，但他的確很信任我做的報告，所以才都會讓我一個人去參加會議，難道 Kent 和蘇菲的私交也很好嗎？

「所以，只要讓計畫順利的通過麥可那邊就可以了，我想你應該知道怎麼做吧，我會將標案的資料私下給你，你只要將資料無形無色的合併進去，你在公司待這麼久，基本程序應該知道吧，例如計畫建檔、送簽呈、知會各相關單位……等。知道吧？」蘇菲又再問我一次。

「知道是知道，可是，這件事只要特助一聲命令就可以做了，為什麼還特地用到我這個小員工。」

蘇菲搖頭。「樹，你還不明白嗎，特助這個位子有名無實，雖然我的能見度是很高，但仍然沒有實質權力做些什麼。這一年多你看過我有直接的執行什麼大案子嗎？基本上都是從旁矯正你們的計畫罷了。而且，就算我有權力使案子通過我也不會做，這樣太明顯了，浮上檯面的事情實在太複雜了，在案子成功之前，我們要像鴨子划水一般。」

「那……我來整理一下。就是我把計畫持續下去，再把特助妳給的資料漸漸的合併到報告裡，最後送簽呈出去然後不知不覺的流過麥可那邊就OK了？」我說。

蘇菲微笑的點點頭。「你所做的工作就像挖掘運河一樣，只要將小運河挖開，將河流不知覺的導入大江然後流入海這樣，記得，不知不覺的。」

「我懂了。」我點點頭。

「很好，副總和我都沒看錯人。」蘇菲將眼睛瞇起來般的笑容讓我稍微恍神了一下，仔細看她眼睛的時候連自己都不自覺迷惘起來，彷彿親近卻又深不見底的眼睛。

「不過，我可以問一下嗎，這樣做其實也不算難，就算通過了又會發生什麼事？」

蘇菲稍微歪著頭看我，一副「你應該懂得啊」的表情，讓我有點不好意思起來。

「對，是不難，可是沒有你就無法進行，而且我想如果能夠有一筆資金挹注到公司裡，副總就更能大伸手腳了吧。我只說到這裡，財金系的你應該懂我在說什麼吧，事成之後，我會向副總報備讓你升職等加薪，放心，學姐我說到做到。記得，歐洲標案的事情只有你和我還有副總知道不能提出來，等事情明朗化後自然會變成歐洲標案的名目，你懂吧。」

「懂，但是這樣做好嗎？」我的警戒心仍不放過我。

蘇菲將頭轉向窗外用手搧風。「**樹，事情本來就沒有好壞之分，是思想製造了好與壞。**」

我咀嚼蘇菲的話，腦袋裡開始串連所有可能，如果沒有意外的話，應該是要靠歐洲的標案來向銀行申請聯貸提供資金給公司，有了資金和標案的話題接下來股價上揚就沒問題了，股價上揚又會有更龐大的資金進入，高層的獲利就會更嚇人，高層有獲利，功勞就是接到歐洲標案的副總，還有幫助這個案子實質進行的研發部Kent也會受益，所以副總就可以……想到這我打斷思緒，畢竟我也只是領錢做事，這個世界談什麼道德正義未免太做作，但心裡突然苦笑，就是因為我常常覺得事不關己，特助才找上我的吧，我真的是無害的人嗎，是自私還是無害？未婚妻還在的話不曉得她會怎樣看待這事情，我嘆了口氣。

「對了。」蘇菲把iPhone從皮包拿出來用手指劃了劃。「另一件私事要請你幫忙，有點唐突的私事，能不能配合看你的個人意願，你在這幾天可否跟我去一趟上海？」蘇菲將手機螢幕放到我面前，行事曆上十月四號到七號被mark上星點，三個星期後就是十月四號了。

「上海？！」我望著手機螢幕發出驚訝的聲音。

「中國大陸剛好是十一假期，十一結束後副總在上海宴客，也就是十月五號那天，招待歐洲的客戶以及中國的原料商，算是小型而且隱秘的宴會，公司只有我會參加，連Kent和麥可都不知道，保密性你可以放心，但就是要看你有沒有空的時間，公司方面我會幫你搞定，隨便用個名義讓你出差即可，但私人的部分就看你了，畢竟太突然，女朋友或是老婆會唸吧。」蘇菲笑著說。

「喔，不，我……我單身，只是為什麼要我去呢？」雖然是事實，但年過三十以後發現單身這兩個字好難說出口，我想跟『我結婚了』一樣難說出口吧。

「Great！其他的你就別問了，快點把時間排開吧。」蘇菲回答得犀利。「對了，這個企劃案我們就稱為河流案吧，只有我們知道。」

「河流？」

「對，不知不覺流入大海的河流。不錯吧。」

望著蘇菲的深邃眼神，我沒有任何理由拒絕也沒想拒絕，而且這一切都在蘇菲的掌握中，我想是的。

又是上海……機場的味道彷彿出現在附近，挑高的天花板，無聲的毛毯地，飛機加速時的感覺，吵雜的南京路步行街和炫麗的夜上海。又要離開台灣了，我轉頭望向窗外，幾輛機車雙載的年輕男女呼嘯而過，然後我想起什麼……我想起了芊嫙，不知道芊嫙她的傷口還好嗎？突然有點捨不得，我的武裝在此刻好像漸漸瓦解，好久沒這種感覺了，反正沒人知道，所以我把自己浸泡在用離別氛圍所釀成的酒甕裡，酸酸的、黏黏的，我告訴自己，只是……硬把芊嫙當作捨不得的對象而已，只是……有時候必須這樣才走得下去，但耳邊彷彿響起淡淡的 Little surfer girl 的音樂。

之四／西班牙天氣好嗎？

「好棒！一起慶祝吧！」

『一起慶祝吧』這句話已經好久好久沒有聽過了，我以為我早已在腦海裡按下這句話的消除鍵。

在要去上海的前幾天，河流案終於流過麥可那邊獲得認同，我將歐洲標案的資料支解分散到河流裡去，在製作的過程當中感到我也只不過是個在權力浪潮底層的資料屠夫罷了，做這樣的事情不需問理由和道德正義，就是直接的、空白的做下去，殺人犯在作案時是不是也有這樣的感覺呢？

我在主要的 schedule 裡再安插另一個 schedule，在主要的製造廠商裡再加入另外的協力廠商等等，這類的東西我想大家都不會發現，schedule 到最後都會有所更動，所以只要合理也沒人會反對，而且只要價格定下來廠商隨時可以換，大型的企劃或合併案都存在許多漏洞，更何況這家不起眼的公司裡不起眼的案子，但是雖然表面上看似簡單，真正要做起來也是一個大工程讓我熬了不少夜，而且在做這份資料的同時對自己未來感到茫然無力。終於鬆了口氣，蘇菲也給我大大的稱讚，晚上還訂了日本料理餐廳準備請客，就在這個下午芊嫙打電話給我。

「樹大哥。」

「妳怎會知道我的號碼？」

「秘密。」芊嫙的聲音聽起來很俏皮。聽著她的聲音使我也笑了起來。

「頂多就是把我的手機輸入妳的號碼然後撥出就可以了，裝什麼神秘。」

「樹大哥原來不笨嘛。」

「還好還好，比妳聰明一點點。」

「嘿，今天有什麼好事情嗎？樹大哥的聲音聽起來很有活力喔。」

「是有些好事啊，公司某個企劃案通過了，我可以輕鬆一陣子。」

「好棒！一起慶祝吧！」芊嫙在電話中尖叫。

芊嫙表現得比我還要高興，這其實跟她一點關係都沒有，但我還是彷彿可以看見她笑得很誇張露出好像會刺傷人的虎牙，而正當我要回拒的時候她就嗶的一聲把電話掛了，原本我可以再撥給她回絕邀約，但我卻沒辦法打，心底深處早就湧出了溫熱的期待，相較跟蘇菲共進晚餐，我竟然對與芊嫙相見這件事感興趣得多了，不可思議。

我想起了那天晚上夢裡芊漩的香氣、芊漩的眼神還有芊漩的吻，酸酸的……黏黏的……一股熱氣從喉嚨深處竄出，心臟在顫抖，空氣變得潮溼，十八歲的時候我收到學妹的情書，那時她拿著掃具從二樓跑到三樓跟我在樓梯間相遇（或許是她刻意安排的吧），情書皺皺的還有點溫度，學妹臉頰紅得像蘋果，我昨晚被父親打過的臉也還在疼，那樣的十八歲呀，思緒纏繞了一會兒，我拿起手機打給蘇菲推掉聚餐。

「喔，有約了呀，原來樹還滿搶手的嘛，好，我知道囉。」蘇菲也不等我回答就掛了電話，可是卻讓我感到恐懼，蘇菲有令人無法猜測的地方，而這樣的氣息卻是她自己主動帶給別人的，應該說是習慣性的帶給他人帶有冰冷的就連猜測都是多餘的那種氣息，我想。

做料理總是能讓我感到身心舒暢而且平靜，在家裡等芊漩的同時，客廳音響正播放著Todd Rundgren—I saw the light，想想這是未婚妻離開後我喜歡的第一個歌手，畢竟我當時也是聽著他的歌曲而沉入幽幽的回憶中，但現在並不會聽到歌就想起，單純只是習慣罷了。

我站在廚房的料理台剝蝦殼並將蝦子泡進鹽水裡，蛤蠣正在水盆裡勤快的吐著沙，義大利麵灑進放了一些海鹽的鍋裡，待煮軟後用篩網撈起放涼並且均勻讓麵穿上一層橄欖油，麵在黃光燈下閃爍著舒適的油亮，另一個平底鍋上開始將純鮮奶加熱並且把羅勒葉以及起司、橄欖油放進去調出sauce，深黑的平底鍋被染白後冒出陣陣香氣，我喜歡食材被加熱後咕嚕咕嚕的飽滿水聲，只有在這時候，我擁有這些美麗的食材，食材也擁有著我的胃、我的眼和心，它們一點也不抱怨、不猜心機、不談自私與包容、不說愛與不愛，我將它們溫柔的調和在一起，接下來它們將進入我的胃和我本身調和在一起，就是這麼簡單。

我將擺好盤的白醬海鮮義大利麵放到木質餐桌上時才發現跟芊嫙約的時間晚了快要一個鐘頭，反正也只是個萍水相逢的小女孩，今晚會不會來還是個問題呢，我一邊調侃自己對她的認真一邊倒了玻璃杯的礦泉水，我決定不等芊嫙準備吃麵，此時，家中的門鈴聲響起，由於太久沒有人來找過我，所以當下對那鈴聲懷疑了幾秒鐘。

「對不起樹大哥，我遲到了。」打開門後芊嫙臉上浮著歉意，上次眉頭的傷口也已經消失。她今天穿著墨綠色緊身無袖背心，外面套一件網狀的米色罩衫，隱約看見跟年紀不成比例的豐腴胸部，一樣是短得誇張的牛仔短褲搭配靴子，紅色曼哈頓包，夢裡的香氣迎面而來。

「進來吧，我本來也沒有期望妳會到啦。」

「你真的很靠北喔。」芊嫙露出尖尖的虎牙。

我笑了。「好啦，欸，妳用的是什麼香水，很好聞。」

「我沒有用香水啊，可能是剛洗好澡吧，而且我媽不准我用啊，真的很討厭，我想我還是會偷跑出去買。」她走經我身旁，那香氣勾勒著可人的畫面令我不禁楞了一下，原來她沒有噴香水，這是純粹的少女香氣嗎？我跟著芊嫙後面的腳步走進去，發現她的左手臂後方皮膚有好幾道抓痕，似乎已經滲出血來，右大腿上有大片的瘀青，衣服有些損傷，感覺是在掙脫什麼人然後跌了很大一跤，手上提著的方形黑色紙盒外觀也有掉落地面上所產生的皺褶痕跡，芊嫙走路顛簸顯得吃力，這幅景象相當的不祥和，再加進上次她的傷口，我猜測芊嫙一定有被暴力相向過。

雖然還不知道芊嫙的詳細狀況，看到這樣的情景我還是會突然感到窒息，胸口沉沉的，這麼多年了，這樣不舒服的感覺還是一路尾隨著我，小時候被父親暴力相向的時候都會號啕大哭，大概是希望能呼喚誰來拯救我吧，我也不清楚，後來不曉得什麼時候開始不哭了，一滴淚也流不出來，被打的時候只會白著臉沉沉的看著父親惱羞成怒的表情，但又不算是心死，因為反差很大的心裡面像沸騰的油鍋在滾動，這就是擺脫不了的親情吧我想。父親總是叫罵著：你那什麼死臉，不服氣是不是？是不是？然後一直問我對不對，是不是的問題。站在他面前的我既憤怒又無奈，為什麼人與人的心可以這麼遙遠，為什麼父親除了喝酒以外對任何事都是這樣不耐煩，為什麼母親要說爸爸其實很愛你，還有為什麼……為什麼他是我爸爸呢，人生下來就沒有選擇權，對於父親我根本沒有權利選擇去恨，也無法懂得怎麼去愛，到底什麼又是愛呢？

幫芊嫙擦藥包紮傷口的時候她顯得有些不高興，不但迴避我的問題還一副我多管閒事的表情，我一直在納悶為什麼要替她做那麼多事，在芊嫙的面前我不知不覺變成一個嘮叨又愛操煩的長輩。窗外閃過一抹白光，我們都望了過去，緊接著轟隆隆的巨響，雨水很有默契的在雷響後淅瀝的落下，這世界好像照著什麼腳本在播演著，我和芊嫙望著窗外靜靜的看著這齣戲，此時覆蓋房間的就只剩下沉默和俐落的雨聲，芊嫙抱著膝無言的縮在雙人沙發裡，眼神有些倔強，我坐在床邊吃著冷掉的義大利麵，方形桌几上擺著幾罐啤酒和歪斜著像古羅馬遺跡的巧克力蛋糕，還有一顆未婚妻遺留下來的冰塊燈。

我感到有點悶所以起身倒了單口杯的康尼馬拉威士忌站去陽台抽菸，今天幹嘛要拒絕蘇菲的邀請呢，我後悔著，雨水冰涼的滴落在我伸出窗台的手臂上。

「樹大哥，我也可以抽一根嗎？」

芊嬣站到我的背後拿起Lucky Strike搖了搖，我想我實在很喜歡芊嬣身體上無污染的香氣，上次的香氣一直到換了床單才不再殘留，那味道就像被春風拂過的雛菊。

「妳會抽菸？」我驚訝的問。

「厚，以前高中全班女生大概只有十個人不會抽菸吧，大驚小怪什麼呀。」芊嬣轉著打火機。

「嗯。」我沉默吞吐著煙霧。

「我，可以喝嗎？」芊嬣手指著單口杯，我將酒遞給她。

「哇……好好喝，我全身都起雞皮疙瘩了，你看你看。」芊嬣的整張臉都皺在一起像隻哈巴狗似的很可愛，我身體裡某個堅硬的東西好像開始溶解。

「當然，這個可是康尼馬拉，愛爾蘭唯一一支單一純麥威士忌，一般來說有泥煤味的威士忌酒廠都在蘇格蘭艾雷島上，可是這支卻擁有泥煤味和淡淡的果香甜味，而且不在艾雷島，後來有人去愛爾蘭才發現，原來那邊有廣闊的原始原野，蘊藏豐富的原始泥煤土，所以——」

「聽不懂啦，我還要喝。」芊嫙乾脆的打斷我的話。

「妳這傢伙真難搞。」

我進房倒了兩杯出來，芊嫙開心的尖叫露出漂亮的虎牙。

遠方黑暗的雲層裡不斷透出白光，好像在替我們拍照似的，雨放縱的沾溼我和芊嫙的手臂，我們不斷的伸手接雨，好像什麼珍貴的寶物一般接著，芊嫙哼著莫文蔚的歌，我突然也想要聽，所以將 iPod 選到這首歌，很喜歡莫文蔚開頭那段很有味道的粵語，曾經在香港待過一陣子的未婚妻也教我講過，而我們最初認識也是在香港，不過那又是另一段故事，而且感覺就像什麼古文明一般遙遠的故事。

『在天色漸漸暗下來的時候，總是會想起你說的話，你說你要走，真的嗎？』

真的嗎，她卻連讓我問的機會都沒有給我。莫文蔚唱完後又跳到 Surfer girl，芊嫙似乎很喜歡這首歌，一聽到就會忍不住的輕輕搖擺身體，好像她真的是海灘男孩眼中的衝浪小女孩那樣。

「欸，樹大哥，既然我們這麼要好，那一定要發明一個專屬於我們兩個人的暗號。」

「暗號？」我以不解的表情投向芊嫙。「還有，誰跟妳很要好啊。」單口杯喝完。

「麥假喔，我有感覺到樹大哥都用色色的眼光看著我。」芊嫙奸笑。

「欸，飯可以亂吃話不能亂說啊，妳看那邊一直在閃電，小心雷公打妳喔，況且我喜歡熟女，對小女孩沒什麼興趣。」我認真的說，芊嫙笑得很開心。

「好！我想到了。」芊嫙拍手一下然後面向我說：「暗號就是……**西班牙天氣好嗎？**」

「什麼？」

「你要回我啊，要有創意點喔，拜託。」芊嫙的眼睛骨碌碌的望著我。

「真受不了。」我說。

我沉默半晌。腦神經不自覺地跟著她旋轉起來，眼前大雨下得連綿不絕，彷彿想要將全世界的景物都給濡溼般那種企圖，我繼續想，腦袋浮現常常雨霧濛濛的地方景象。

「倫敦在下雨。」我說。

「哇！絕配！」芊嫙蹦蹦跳跳叫著。「西班牙天氣好嗎，倫敦在下雨，簡直太棒了。」

「為什麼是西班牙？妳去過嗎？」我問

「沒去過，那為什麼是倫敦？」芊嫙反問

「我也不知道，也沒去過。」

「我也是啊，很多事情本來就沒有什麼原因的嘛，不過，樹大哥在這方面是天才。」芊嫙咯咯的笑著。

「如果這麼容易可以當天才就好了。」我苦笑，不過心裡卻跟著芊嫙高興起來，真是莫名其妙。

瞬間一聲巨響，那有如要將天空震碎般的聲音轟然而起，芊嫙嚇得單口杯掉到陽台的短毛踏墊上，並且緊緊的抓著我手臂微微顫抖，我的心跳也加速，並不是因為芊嫙緊握著我的手臂，這樣的本能反應也是小時候的影響，只要門稍微關用力造成巨響時我也會驚嚇到，不管什麼樣的撞擊聲，只要稍微高過預期，我的心跳都會快速的鼓躁，小時候的深刻印象如影隨形。我們又各自喝了兩杯單口杯，這樣的量好像有點過多了，芊嫙靜靜的望著那雨，我也是。

「我爸爸跟媽媽很早就離婚，雖然還是住在一起，但早就沒有感情了。」芊嫙淡淡的說，酒精好像催化劑讓芊嫙很自然的說起她的故事。「爸爸在我小的時候很風流，出外做生意的時候總是會拈花惹草，從我懂事以來，媽媽總是對我特別兇，她覺得我就像爸爸外面的那些賤女人一樣，真的喔，媽媽總是指著我的鼻子這樣大罵：妳們都一樣，都是賤女人！」芊嫙把單口杯喝完，又點了一支菸。

「有一次我記得特別清楚，媽媽帶著我從新店坐車去土城找爸爸，在路上她一直對我耳提面命，叫我等一下記得拉著爸爸然後嘴裡要說爸爸我們回家，而且不能不哭喔，不哭的話媽媽會把我打到哭為止，雖然我還小，但那一刻我明白了喔，我只是一個工具，只是媽媽要喚回爸爸的一個工具，但我並不生氣喔，那天我很努力的扮演好工具這個角色，死命的拉著爸爸衣角還哭得很大聲喔。」芊嫙表情很天真的說著，突然讓我有點心疼。

「那媽媽呢？」

「很誇張喔，媽媽和那個跟爸爸住在一起的阿姨在大街上拉扯，真的是東拉西扯，活像電視上演的八點檔，總共三個大人一個小孩，兩個女人中間拉著一個男人，我則是拉著爸爸的衣角狂哭，我媽歇斯底里一直臭罵那個阿姨，最後我爸爸把我抱起來攔下計程車就走了，丟下我媽和那個阿姨，路上我哭著問媽媽會不會回家，我爸安慰著說會回家的，然後我又哭了起來，我說：爸爸以後不要離家出走了，媽媽會很傷心。」芊嬿說完嘆了一口氣，然後倔強般的倒酒又倔強的喝完。

「妳這些傷，都是妳媽媽造成的嗎？」

「不完全是啦，我也常常自己跌倒啦、撞牆啦、燙到啦等等……」芊嬿說著突然停頓，她乾脆的把話打斷走進房間從曼哈頓包裡拿出粉紅色分藥盒，每排三格共有十二排，形形色色的藥丸面無表情被一種不安感分居著，芊嬿打開其中一格仰頭快速的吞下，這些動作讓我想起那晚的夢，還有那個吻……我有點訝異但卻又不想問太多。我想其實這些傷都是她母親造成，這點我能感同身受，年輕時其實不太想談論被暴力對待這件事，就算對朋友說了，大家也只會表面的安慰罷了，這種事只有經歷過的人才能了解。

「妳這樣到我家裡來，男友不會怎麼樣嗎？」我選擇性的問其他問題，芊嬿吃完藥好像有點昏眩，喝酒變得更快，菸也一支換著一支抽。

「小皓根本就不了解我。」芊嫙哼了一聲。「真的，而且小皓的家人也看不起我，高中休學又怎麼樣，又不是我自願的，我只是抽菸、睡過頭蹺課而已，因為每次到學校教官也都看我不爽啊，戴假睫毛、裙子太短就要被記過，什麼東西呀，這種學校還有讀的必要嗎？

「高中部的也看不起我們高職部的時常找我們麻煩，我看不過去就幫同學出氣揍了那個假掰的女生。還有，你們家的小皓讀好學校是資優班裡的資優生又怎樣，你們都是老師又怎樣，說話還不都不經大腦，一遇到事情就馬上撇清關係躲得老遠，都是一些腦袋有洞的人，討厭死了。」

芊嫙把抽一半的菸往陽台外丟，燃燒的紅點在雨中形成虛弱的拋物線然後漸漸融入黑暗，我轉頭看看芊嫙抿著嘴倔強的表情，臉頰因為酒精而被撲上了稚嫩的粉紅色，眼神有些茫然，剛剛喝那麼快顯然是有點醉意了。

「不高興的什麼都講出來吧，這很不容易，至少對我來說是這樣的。」我說。

芊嫙的眼神沉了下來。「雖然不高興，可是我還是很喜歡小皓，說是喜歡倒不如是羨慕或是妒嫉他，因為他的家庭太完美了，不管是結構或是包裝起來的都很完美，所謂的包裝就是像家世背景那樣，我真的很害怕別人問起我的家庭，我家裡的每個人關係都很髒，什麼都沒有，可是像小皓這樣完美的男生竟然會喜歡我然後追我，雖然他家人看不起我，可是他也介紹我跟他們家人認識喔，唉，樹大哥，人到底怎麼樣才能夠真正的擁有另一個人呢？」

「**讓他愛上妳，然後離開他**。」我說。心裡又浮現未婚妻的模樣，不過有點模糊了。

芊嫙笑了，我想像跳出海面的海豚。「好妙喔，樹大哥。」

「妳忘了我是不懂愛先生嗎，問這個難倒我了。」我也倒了單口杯，這時才注意到音樂換成了Amy Winehouse — Love is a losing game，我走到窗邊閉上眼沉沉聽著這位年輕女歌手的獨特嗓音，深呼吸的時候胸腔裡充滿雨水的潮溼氣味，

「我覺得，喜歡一個人，你就要連他心裡不好的東西以及你自己也不喜歡他的地方統統接受，這樣才有辦法擁有一個人，是吧。」芊嫙說。

我沉思了一下芊嫙說的話。

「這倒是說得很好喔，不過，妳怎麼自己提問題又講答案啊。」

「你管我！」芊嫙抬了抬下巴，我被她惹得笑了。

「不過，我倒是有另一種想法。」我把滿是雨水的手背抬起來端詳，在小指頭

附近的皮膚上直列著三道傷疤，國中時第一次離家出走被父親狠揍了一頓，地上的玻璃杯碎片在我身上創造了永恆，我想我會帶著這些傷疤走向死亡吧。

「什麼什麼，快說來聽聽。」芊嫙踮了踮腳尖。

「我覺得，人生下來就不是完整的了，被剪斷臍帶的那一瞬間就造成了第一個傷口第一個不完整，接下來隨著成長，身上坑坑疤疤的傷口也會越來越多，這些都只是表面所看到的喔，內在的不完整比表面來得更多。從小到大我們會遇到很多事情，每件事都會從我們心裡拿走一些東西喔。

「像升學壓力、感情受創、社會上的排擠甚至到家庭暴力都會，雖然人在某些方面會越來越茁壯，這個世界也一直告訴我們不受壓就無法成長，但那畢竟是兩回事啊，我們早就都是不完整的人了，而且**除了本身的不完整，我們所表現出來的又更少喔**，所以，我們又怎麼能要求去擁有完整的他人呢。」

我又點了支菸，煙霧從窗口飄出時並沒有受到雨水影響，大無畏的向漆黑穿透出去，芊嫙似懂非懂的表情點點頭。

「樹大哥有女友嗎？」

「未婚妻，三年前離開了。」

「什麼原因？」

「沒有任何原因。」我停頓一下。「大概因為我是個很自私的人吧。」

「怎麼會，一點也感覺不出來。」芊嫙搖搖頭。

「是嗎？」是嗎，在心裡我也問問未婚妻。

「我想，是不是她受傷了，雖然樹大哥表面是個好好的男生，但你心裡有很深很黑暗永遠沒有人可以到達的地方，所以樹大哥傷她很深，那樣。」

我愣了一下。「或許吧。」但事實上，我對於傷害過一個人或是深愛過一個人這兩件事我都沒有一點把握。

「中間都沒有再交往嗎？」

「不算有。」

「為什麼呢？」

「我也不曉得啊，或許，不需要感情這種東西吧，或許……」我搖搖頭。「愛對我來說太難負荷。」

「那樹大哥沒有缺乏什麼嗎？畢竟我們都是不完整的人呀。」

「我也不知道。」

「說嘛說嘛，一定有啊。」

我沉思了一會兒才開口。「如果硬要說的話，我缺一個簡單的擁抱。」

「簡單的擁抱？」

「嗯，可能我失去了類似信仰的東西，習慣了獨處所以我總是盡量排斥有人陪伴，我無法負荷太多情感資訊，什麼誰又愛誰、誰又必須為誰負責、誰又傷誰的心之類的，我討厭這些，但人終究是常溫動物，寂寞如嚴冬來襲時還是逃不過需要擁著取暖的原罪。到哪裡應該都一樣，當我逃避人群的同時才發現我多麼需要一個溫暖且沒有任何心機的擁抱，那使我感到無奈，我只是想稍微的把氣力放在某個人身上，不含任何感情成分，大概是那樣的感覺，但是好難好難。」

說完後喉頭發熱，我深呼吸一口氣後再慢慢吐出，坦白讓我感到臉紅，酒氣此時也漸漸淹沒心頭，腦袋有些沉。

「我不懂，這很難嗎？」

「比移民火星還要難喔。」

「來，不用移民火星，地球就有了喔。」

芊嫙眼神有些恍惚，轉過身張開手臂勾著我的後頸將我拉進她的懷裡，我的額頭貼在芊嬿柔軟的肩上，雙手扶著她的腰，因為有些不適應所以我的身體僵硬，但沒多久就被芊嬿身上無雜質的香氣和音樂給軟化了，芊嬿像海綿一般將我的身體氣力吸收過去，就像羊群漸漸沒入北方草原一樣自然，音響傳出熟悉的音樂 Can we still be friends，不過不是 Todd Rundgren 原版，而是曼蒂摩爾唱的女生版本，未婚妻的五官輪廓很深神似曼蒂摩爾，我想起未婚妻離開那晚也是這樣的雨夜下個不停，但是我跟芊嬿正在這種雨夜裡擁抱著。

「以後樹大哥不用離開地球了，芊嬿會在附近給你擁抱喔。」

「妳醉了。」我說。我想芊嬿沒有真正懂我的意思，不過那也不重要了。

「才沒有醉。」芊嬿雙手緊緊環抱著我。

「妳真的醉了。」

「樹大哥……」芊嬿的身體發燙，感覺微微的滲出汗水，雙手還是緊緊擁著我，像隻無尾熊似的。

「怎麼了？」

「其實我今天一直好害怕，怕得……覺得自己都快要支離破碎了，有時候就算悲傷也認為自己還可以撐得過去，但是在不斷反覆的情況下，情緒不斷累積、思考也糾葛在一起，有一點撐不住了。」

「沒事的，過去就好了，本來人偶爾就會這個樣子，會失落也會迷惘。」我安慰著說。

「不是。」芊嫙用力搖搖頭

「怎麼，今天這麼多愁善感？」我改用比較輕鬆的語調。

芊嫙還是不斷在我胸懷中搖頭。

「今天，今天媽媽鬧著要自殺，她真的去轉開瓦斯，整間屋子好臭……好恐怖，感覺整個空間都扭曲變形了，我跑去拉住她但是卻被她痛打，媽媽說都是我害的，爸爸會這樣都是我害的，一開始就不該把我給生下來，說我是個災難，哥哥會生病也是我的問題。她說自從我出生以後家裡就沒有一天安寧，媽媽好恨我，眼神裡都是怒火。到底……到底我要怎麼做才能不被媽媽討厭呢？

「我有好好的保護蛋糕了，對不起，它還是摔在地上，對不起，樹大哥，我不是故意要對你冷淡，只是不曉得怎麼跟你說這一切，我不想困擾任何人，尤其是在我還想不清楚的情況下，大家都覺得我是笨蛋，只有樹大哥不一樣，只有你會這樣照顧我、對我好、聽我說話，本來想好好替你慶祝一下，但還是搞砸了對不起，我不要你不快樂……不要讓樹大哥感覺寂寞……不要……」

「沒事的，我都幾十歲的人了還有什麼不快樂的，不要想太多。」對於她母親自殺的事情我有點驚訝，我撫著芊嬿的髮，柔軟得令人詫異，芊嬿自己的事情都一團糟了還有餘力來關心他人，那樣的心情我無法想像。

「對不起……對不起……」芊嬿全身的力氣像冬天的泥一般重重的附著在我身上。「是不是我死了，大家才會好過一點呢，是不是呢？如果我死了還有誰會掉眼淚呢？」

「妳該睡了。」這個時候我才發覺，她真的也只是個十八歲的少女，這世界是否對她要求太多了呢？

我扶芊嬿到床上，在蓋上涼被的時候她已經睡著了，嘴裡喃喃的不曉得在說些什麼，原本發燙的身體也漸漸回復正常，我腦中一直在猜想芊嬿所吃的藥應該影響很大，額頭兩側還是冒著汗水黏著她柔軟的髮，我用沾溼的毛巾擦去汗水後芊嬿的皮膚透出漂亮的光澤，隨後打開冷氣將室內調整到適當溫度，只留一盞昏黃的立燈，坐在電腦前的我思緒突然糾葛在一起。

芊嫙的話讓我想起十八歲的悲慘時光，常常帶著傷鼻青臉腫的去學校上課，那時父母吵得兇，甚至拿著菜刀互相怒罵的場面也算常見，後來母親決定搬回市區外的外公家，父親百般阻撓還將母親的車子用榔頭砸毀，鬧到鄰居見狀報警。而那時的我非常自卑，自卑到學妹向我告白我都不敢接受，並不是不喜歡學妹，而是喜歡和戀愛這些字眼對我來說太遙遠模糊了，我沒有信心作為一個男友，甚至沒有信心作為一個人。

回憶如漲潮一般淹沒心頭，未婚妻常說我被小時候的生活環境影響很深，因為欠缺被愛所以不懂得愛人對愛情恐懼，甚至翻開兒童心理學給我看，經過研究以及大量採樣證實，孩童時期如果欠缺被愛，成年後產生扭曲性格的機率是一般正常人的好幾倍，所以認為被愛是很重要的未婚妻說，那我當初的求婚又代表什麼呢？難道只是不甘心被當成『扭曲性格』的成年人而下的決定嗎？所以未婚妻看清了這一點而離開我嗎？然而我真的從小就欠缺被愛嗎？那些被家長寵著長大的小孩又是怎樣的人生呢？難道就是幸福的懂得愛的人嗎？一個問題接著一個問題使我到處碰壁，無解的問題總是讓人絕望。

芊嫙的曼哈頓包裡手機振動聲讓我停止思考，應該是說這振動聲一直持續著但我到現在才發現，我打開包包，名為小皓和媽媽的未接來電加起來有33通，簡訊4則，但我並不想看簡訊，包包裡有折疊式的鏡子、髮圈、粉紅色iPod、零錢包以及藥盒，此外還有藥袋和一本手掌大小的筆記本，藥袋外面印有精神科診所的名稱，我仔細看了一下藥名Anzepam 1mg，Dormicum 7.5mg，Dormicum這個藥名我非常熟悉，高中時代我經常嚴重失眠，因為每個晚上都會害怕父親心情不好闖進門來揍我，所以當時常拜託家裡開藥局的同學幫我偷拿安眠藥也就是Dormicum俗稱導眠靜，記得當時吃的時候很快就進入昏沉狀態，後來我怕依賴成性所以在百般痛苦中戒掉了。

這件事除了那個同學外沒人知道，包括父母親也不知道。另外我查了一下Anzepam，是典型的抗憂鬱藥而且芊嬟的配藥是正常人兩倍的劑量，而且這兩種藥都不能飲酒，因為會加重藥性，她到底承受了什麼樣的痛苦呢，我責備讓芊嬟喝酒的自己。我打開筆記本，裡頭是芊嬟的日記還有一些插畫，大部分畫的都是漂亮感覺溫馴的小狗，但其中還有齜牙咧嘴表情猙獰用黑炭筆塗滿的黑狗，那使我不解，原本我不喜歡探人隱私，但在翻了幾頁準備闔上的同時我看到了樹大哥這三個字而產生好奇。

2011/9/7 天氣陰沉心情也是

初秋的季節總是讓人憂愁，難怪愁這個字是秋和心組成的，感覺路上的情侶好像都不牽手了，狗也四處流浪，我也像小狗一樣沒有目的地亂晃。哥哥今天很乖，早上去療養院時候總算知道他有按時吃藥用餐了，哥問我眼睛的傷，我很想哭但又不能說出口，每次聽到媽媽對我動粗哥都會情緒不穩定，如果他又不按時吃藥用餐，萬一病又發作了我真的不知道該怎麼辦。

唉，申請學校的事情好麻煩，肄業真的好難申請學校，真煩，只好先找打工吧。昨晚很幸運遇到好人，他叫作樹，我決定就叫他樹大哥，昨晚待在他家，他竟然都沒有對我怎麼樣喔，正人君子來著的，還幫我包紮傷口，我喜歡樹大哥這樣的人，不像一般那些有病的臭男生只想著要脫掉我的衣服，哼。如果樹大哥跟我同年紀我一定要追他，可惜他太老了喔，唉唉，人生不如意的事還真多，所以我只能偷偷的親他一下。

嘿嘿。小皓的大學生活不知道如何了，開學了也不打電話給我，害我還買了貝里尼的義大利麵想幫他慶祝呢，哼，算了丟掉餵狗！！最近心中的『小黑狗』比較不會搗蛋，醒來不怎麼會大哭了，所以醫生也讓我減藥了，雖然不討厭那醫生，但有時候他說的話我都不曉得該信不信呢，唉，明天要振作一點找工作，雖說已經十八歲了，可是為什麼還像個小孩似的呢，唉，要加油加油！不知道什麼時候才能見到樹大哥呢，改天要好好謝謝他才行。

闔上本子，腦袋裡盤旋許多字樣，家暴、安眠藥、抗憂鬱症藥、小黑狗、療養院……等，我暗忖著，是否她母親在精神上或是暴力上對待都已經讓芊嫙生病了呢？那心中的小黑狗以及日記裡的黑狗是所謂的憂鬱症嗎？不過還好似乎正在減藥中，她應該有定期去看醫生，而哥哥不曉得生了什麼病必須待在療養院裡，芊嫙很關心哥哥的狀況，那天她先離開就是去看她哥哥吧。

我望著芊嫙躺在床上純真年輕的側臉發楞，雖然這社會對現在年輕人的新聞多半都帶有一種獵奇的角度去觀看，就好像在看從異世界來的奇珍異獸會做些什麼蠢事一樣，然後口中常會說：「現在的小孩怎樣怎樣，真是太誇張了，沒吃過苦，跟以前的我們已經完全不同了。」

沒有真正的深入了解卻倚老賣老大放厥詞，跟他們相同的我感到有些羞愧，實際上跟芊嫙相處後我深深感到，年輕人也是人，也正在經歷我們以前經歷過的時光，跟我們以前同樣脆弱與徬徨，稍微走偏了就像蝴蝶效應一般對往後造成無法察覺的深遠影響，就連我也不能確定小時候同樣遭到暴力對待同樣吃過安眠藥的自己受到了什麼人格上的扭曲，只能自嘲那都是命運譜出來的悲歡交響曲，**或許我就應該會變成這樣的人所以才會發生這樣的事情吧**，然而芊嫙卻完全不同，不知道為什麼，芊嫙的字句和行為隱含著一股正面力量，雖然有許多迷惑和憂愁也會想哭，但還是散發著溫熱感，這點讓我感到不可思議。

我是個對錯很分明的人所以總是避免讓自己惹上麻煩，就連親情我都盡量冷冰冰的，所以到現在為止我跟父親幾乎形同陌路，但芊嫙卻讓我覺得這原因有絕大部分是來自於自己扭曲的心態，我想芊嫙一直都沒有放棄她母親並且勇於追求愛即便已經傷痕累累。我的心中湧起一股熱氣，胸口裡的心被針刺得酸酸的，是我錯了嗎？所以這些年來身邊的人一個個離開了，我突然覺得心縮得好小好小，擠著都疼起來了，如果是我錯了，那麼我還有勇氣和時間改變嗎？我捂著臉深嘆口氣，這簡直像是等待高牆倒壓在我身上的人生嘛。

「我真是個笨蛋……我好笨……」芊嫙用若有若無的氣息說著夢話。

我起身坐到床邊輕輕撫著芊嫙的額頭。雨聲像膜一樣包圍這只剩下我們兩個的世界，我心疼芊嫙，這是無庸置疑的，然而在世界的中心彷彿有個微小信念塵埃落定『往後我是否會帶著想要保護她的心情活下去呢？』瞬間，這個我從來沒想過的心情像迷霧一般柔軟地穿過我的武裝進入我的心裡，我搖搖頭，這可能嗎？我竟然有股重獲新生的感覺，「西班牙天氣好嗎？倫敦在下雨。」我嘴裡喃喃的唸著，彷彿在為芊嫙也為自己祈禱些什麼。

之五／如果有來生，要做一棵樹

星期天接近中午時分，我將出差的行李整頓好後打了通電話給芊嫙，現在倒是很自然的打電話給她了，中間那種陌生感已經漸漸消除，取而代之的是一種連結感，從初認識到現在也不過一個月的光景，是我變了嗎？還是芊嫙總能輕易消除我的警戒心呢？

「芊嫙，妳在——」

芊嫙馬上切斷我的話。「不對不對，重來一次，西班牙天氣好嗎？」

我楞了一下，倫敦在下雨我說。

「哈哈，好乖，樹大哥打給我有什麼事？」芊嫙的笑聲似乎可以將陰雨的泰晤士河變成陽光巴塞隆納。

「沒有，就，就只想問問……妳在做什麼呢？」我突然對一個十八歲的女孩感到緊張害羞。

芊嫙在電話那頭又笑了起來。「樹大哥你真可愛，我在哥哥這邊，你要來嗎？

我請你吃中餐。」

「不，我……」我習慣性的拒絕口吻。

「來嘛，快來喔，我把地址簡訊給你，不等到你我不吃飯了。」嘟的一聲，芊嫙把電話掛了，我的心卻跟著芊嫙的笑聲悸動起來。

□

要去的療養院座落於台北近郊，每次從擁擠的城市向外圍穿出去時都會有一種掙脫感，我按下車窗大口呼吸，今天的天氣很溫和，厚厚的雲層到處都裂開灑出藍天，音響播放著 Suede — By the sea

into the sea we'll breed

into the sea we'll bleed……

海洋孕育著我們也將我們全部吞沒，城市不也是一樣嗎？還有這個社會以及體制，我們像是個小齒輪每天認分的轉動挨著疼，可是最後到底得到什麼呢？只有得到一瞬即逝的生命吧。我隨著節拍敲打方向盤，不一會兒，前方的景物開始慢慢出現山脈，高架橋下也有溪水流過，下了高架橋進入如山谷般的小城市，左方一排依著斜坡而建的樓房中央出現了療養院的名字，停好車我在門口抽了一根菸隨即進入門廳，空氣好得令人吃驚。

「嗨，樹大哥！」芊嫙從遠方就對我揮手，她今天紮起了馬尾，依然是短得誇張的牛仔褲還有靴子，笑容眩目又帶點俐落感，今天的芊嫙非常陽光。

「為什麼不講暗號了啊？」我問。

「我們今天第二次說話了啊，每次都玩也太瞎了吧，又不是腦袋有洞。」芊嫙滿不在乎地描述她可愛的規則。

由於是星期日，似乎來療養院的人很多，有人來探望的老伯伯摸摸孫子的頭，臉上笑容裂得好開，沒人來探望的老人有些望著天空發呆，有些則是不斷偷瞄芊嫙的雙腿，這裡到處都充滿歷史的滄桑，老舊的紗門開關聲、從牆壁上落下來的白漆以及輪椅滾動的聲音，芊嫙的哥哥應該很年輕吧，怎麼會到這樣充滿低沉氣息的地方呢？芊嫙領著我到中庭，她哥哥正拿著鏟土工具小心的將波斯菊植入土壤裡。

「喂，來這種地方還是別穿這麼短的褲子啦，很多老年人呢，妳想讓他們高血壓嗎。」

「拜託，我每次來的時候他們都開心得很呢，老人就是要開心啊，他們在這邊都很寂寞的。」

「是這樣嗎？」我小聲的嘀咕。

「哥，這是樹大哥，快跟人家問好呀。」芊嫙大聲對她哥哥喊著，可能她哥哥太專心了，一直到把波斯菊下方的土細心的壓平後才回頭打招呼。

她哥哥看起來大概只小我幾歲，身高以及瘦瘦的身形都跟我類似，短短的髮隨意交雜但並不會亂，眼神不斷往地面上亂飄，偶爾才會往我們這邊看一下，他的下嘴唇有點往左邊歪斜，臉部肌肉也好像有點失去平衡，他把工作手套脫掉一直不斷用右手在胸前抓撓著左手的手背，然後整個背部都縮拱起來，這似乎是他的習慣動作，但整體上看起來是很斯文的人，不會讓人覺得不舒服。

「你、好——」她哥哥微微低了頭，這兩個字好像花了很大的力氣，我也趕緊打招呼。

「來，快告訴樹大哥你叫什麼名字。」芊嫙就好像在照顧小孩子似的。

「我——我——叫——阿——森——」她哥哥就像嚴重口吃一般非常吃力的說話，但是因為這樣感覺格外用心。

「我叫阿樹，阿森你好。」我的心被刺酸了，他還是不斷的抓著他的手背。

「好棒，哥哥好棒喔。」芊嫙摸摸他的頭。「我哥大我將近八歲，大概在十來歲的時候吧，長了腦部腫瘤，開刀取出後當時又被嚴重的流行感冒病毒入侵，發了很久的高燒，大概是那個時候吧，虛弱的腦部又被病毒入侵，燒退了以後他的智能就一直停留在五歲左右，要是他現在是正常人的話，應該也結婚了在過幸福生活吧。」

「爸媽不常來嗎？」我問。

「算了吧，他們兩個自己的事就都忙不過來了。」芊嫙搖搖頭。「不說這些了，我想哥哥滿喜歡你的喔，他一緊張害羞就會不停地抓手背，這表示他對你有好感喔，來吧，我們先吃飯。」

芊嫙將準備好的便當拿出來，我則是將買過來的飲料拿給他們兄妹倆，我們三人坐在有陽光灑下的中庭用餐，她哥哥一直很努力試著將便當裡的排骨肉挾給我，但可能是因為手部神經也有受損一直挾不起來，最後用手拎起來給我，「送——給——你——吃——」她哥哥說，我說謝謝，他非常害羞的點點頭然後跑回芊嫙的旁邊坐下，芊嫙一邊教她哥哥用筷子一邊跟我聊著漫無邊際的話題，芊嫙的側臉好溫柔。

「妳一星期要來這裡幾次？這裡離妳家應該挺遠的吧。」我好奇的問。

「是滿遠的啊，我要轉車後再換公車來這裡，因為打工的地方是以晚班為主，所以平日的早上其實只要不累就會來，還是要幫哥哥買一些日常生活用品呀，像衣服、內衣褲還有牙刷香皂之類的，這裡雖然是看護制，不過住的人太多了，護士根本就不夠，所以我基本上一個星期會來個三、四次吧。」

「妳真用心。」

「他是我哥哥啊！」芊嫙用理所當然的語氣說。

「樹大哥你有沒有什麼夢想？」芊嫙將雙腿交叉起來，在陽光下她的皮膚顯得更透白了。

「怎麼突然問這個。」

「沒有為什麼呀，你這個人很怪唷，難道什麼事情都要有為什麼嗎，愛迪生發明了電燈泡、地球人坐太空船到了月球，也沒有為什麼呀，就是想而已吧。」芊嫙嘟著嘴說，我被她逗笑了，為什麼芊嫙總是能輕易打破我自己劃下的莫名其妙的規定呢。

「好，我想一下喔。」我沉思著。「大概是希望工作量能降低，加點薪水，然後找個女人結婚生孩子過著平凡生活吧。」語畢，我心想這也太無趣了吧，我這個人已經無趣到連夢想都這麼枯燥嗎。

芊媗沒有接話，一陣午後的風像無形的手撥弄我們三人的髮，我們暫且好像都很有默契的沒有說話，她哥哥很努力的挾菜放進自己的嘴巴裡然後跟旁邊的空氣對話著，不曉得在說些什麼。

「我想逃……」芊媗手拿著便當望向天空。「我的夢想就是逃吧，如果我有足夠的能力，我想帶著哥哥逃到世界的角落，租一間離海邊不遠的小屋，我打打零工維持生活，哥哥在家裡照顧院子裡的花，我哥哥可是世界上數一數二照顧花朵的高手喔，然後早晨時就出去工作、買菜，日落時就在海邊散散步，如果經濟情況允許的話還可以養條馬爾濟斯，你看，這樣是不是很美好。」

我突然感到心疼，手伸了過去在芊媗柔軟的髮床上輕撫。

芊媗把我的手撥打開。「吼唷，幹嘛這樣啦，我又不是要搞得一副可憐兮兮的樣子，就真的咩，是我的夢想啊，你不信喔，不信喔、不信喔……」芊媗試圖用手指搔我癢，我閃開她又繼續追上，就這樣在中庭裡嘻笑打鬧像兩個小孩似的，她哥哥雙手鼓掌笑得開懷，我想芊嫙是企圖掩蓋她的不安吧，所以用玩笑來帶過，不過我想我說的是真話，不管怎樣，我都會盡我的能力來守護她。

「好好好，我相信妳，那妳想要去哪裡？」

「不知道，西班牙好了。」芊嫙說。

我笑了。「那裡應該不算是世界的角落吧。」

「那麼，哪裡才算是世界的角落？」

「世界的角落倒是沒有，不過有個地方被稱為世界的盡頭，因為到了那裡再過去八百公里就是荒涼的南極了。」

「哪裡哪裡？跟我說。」

「南美洲阿根廷的最南端城市烏斯懷亞，據說，失戀或是失意的人可以將所有悲傷難過的事留在那裡，因為那裡是世界的盡頭，等你放下後再回頭離開時，烏斯懷亞同時也變成了世界的起點，一切全部結束後重新開始。」

「真棒，一切全部結束後重新開始。但願有一天能夠到那邊去。」

「但願。」我說。

芊嫙又往天空望去，藍天的部分更多了，還披覆上一層香草色的淡霧，陽光溫柔的撫慰我們。雖然我從未去過烏斯懷亞，但心裡也不禁湧起想望，如果有那麼一天，我也希望帶著芊嫙去世界的盡頭。

「啊對了，我要出去幫哥哥買一些東西，樹大哥你可不可以幫我看一下我哥哥？」吃完飯後芊嫙說。

「沒有問題，不過，要不要我開車帶妳去？」

「不用了，就在這附近，因為這療養院的關係，附近開了很多生活用品店以及藥房，你只要幫我看一下他，不要讓他亂跑就行了，至少不要讓他跑去世界的盡頭。」

芊嫙離開以後，我將便當以及周圍的垃圾清理乾淨，她哥哥很努力的自己戴起手套，大概又要去照顧花朵吧，我幫他戴了右手那隻，「謝——謝——」他努力的說，她哥哥不論做什麼事都非常認真。

大約一張雙人床大小的花圃裡面種有向日葵、雛菊、迷迭香以及鼠尾草還有波斯菊等，我對花草類的不太懂，不過感覺這些花草都被照顧得很好，每一朵都昂然的挺直腰桿隨風搖擺，碰到不知名的花草我會開口問她哥哥，但他好像沒聽到似的只注視著手中的土鏟以及花灑，偶爾對空氣說說話然後又回過頭注視著花圃，我坐在椅子上靜靜看望著她哥哥勤勞的背影，心中得到無比的寧靜。

過了十幾分鐘，有個中年女護士來幫她哥哥量量血壓以及體溫，並且用手電筒照了照他的眼睛，大概是例行性的檢查吧，檢查完後中年女護士在我旁邊坐了下來整理手邊器具然後跟我聊天，這中年女護士在這邊工作十幾年了，一路看著芊嫙和她哥哥長大，此時她哥哥又回到花圃裡工作。

「阿森自從被丟到療養院後都是芊嫙來照顧他，她的父母實在是不負責任，只是每個月付掉療養院的必要費用，根本從來也沒來看過阿森，就當作沒這個兒子似的，芊嫙真是個好女孩，你可要好好珍惜她喔。」中年女護士語重心長的說。

「我會的。」我想她沒看出我的年紀，而我也不想多解釋什麼就這樣回答了。

「唉，在這邊工作久了對未來就會越來越恐懼，像我兩個小孩子跟芊嫙差不多年紀，可是每天只會玩，假日就是去夜店啦不然就是KTV，年紀輕輕就常常喝得醉醺醺回家，我看我下半輩子也是要在療養院度過囉，要是我有芊嫙這樣的女兒該多好呢，她的父母真不懂珍惜。」

我將皮包裡的錢全部抽出來，那是在來的路上去提領的。「這裡有三萬元，可不可以請妳用在阿森的身上，如果需要買什麼東西的話不要客氣，還有，我希望不要讓芊嫙知道這件事情，就連她的父母或是其他人都不能知道，可以答應我嗎？」本來想在離開時拿給芊嫙，不過我想芊嫙應該不會接受，那現在正好遇到護士然後芊嫙也不在，時機剛好。

「這……不太好吧。」中年女護士面有難色。

「我希望用我的方式來珍惜這個女孩。如果芊嫙問起，妳就說是政府單位或是法人之類的提供預算或捐款給住在這裡的人，我想這樣她就可以好一陣子不用花錢幫她哥哥買東西了。」

我勸了好久她才肯收下這筆錢。

「好吧，我知道了，我不會把錢用在其他地方，會如實地用在阿森身上。」

「我相信妳。」我說。

芊嫙回來的時候拎著一大袋東西，裡頭有香皂、乾電池、枕頭套、空的小花盆以及保溫瓶等等，我們大概又待了一個小時，芊嫙幫她哥哥整理房間以及跟護士打點相關事項後就跟著我一起離開，此時已經傍晚，她哥哥站在門廳對著我們用力的揮揮手說：「再——見——」連道別都是這樣認真，在關上療養院大門的時候，我突然有種預感，好像我再也見不到阿森的那種預感，為什麼會這樣呢？我又再次轉頭望向療養院，可是那門已經緊閉起來了。

「樹大哥，可不可以借肩膀一下。」我送芊嫙到她打工的餐廳門口，她在車上對我說。

「嗯。」我點點頭。

芊嫙靠躺在我的右肩，雙手緊抓著我的手臂。「樹大哥，真的有世界盡頭嗎？」

「真的有啊。」

「真的可以一切結束後重新開始嗎？」

「我想是的。」

「沒有騙我嗎？」

「沒有騙妳。」

「如果……我說如果有機會的話，你會帶我去嗎？」

「會的。」我摸摸芊嫙的髮，這一刻，我心中的確定感越來越強烈。

「謝謝。」芊嫙說。

芊嫙下車的時候向我揮揮手道別，虎牙露出來的時候好像全世界的光線都往她身上靠攏那樣，她轉身，光線就消失，我在車上注視著她一步步走進餐廳，自動門關上將她長髮的身影淹沒，這一瞬間，我心中的寂寞就像黑色的海嘯一般席捲過來，我有一種強烈被遺棄的感覺，我趴在方向盤上呼吸紊亂……

「嘿，日子還是得過下去啊，走吧，戴上面具吧，身邊的人都離開了，剩下的只有自己啊。」我在心裡對自己說，可以的，我要武裝起來，但寂寞卻怎樣都走不掉，我大口的呼吸不斷地讓自己清醒點，然後我轉開音響，空盪盪的車內迴響著The Verve — Bitter Sweet Symphony，這人生，簡直就是一首悲歡的交響曲，我該在這交響曲裡扮演怎樣的角色呢？我感到好疲憊，連拉起重重大門躲起來都沒有力氣了，我嘆口氣，我想，芊嫙是不是已經在不知不覺中改變了我？

□

經濟艙的食物總是令人失望，從台北到上海只需要飛一個半小時，不用再透過香港轉機，以前總要花七、八個小時來轉換世界，抵達上海都有一種恍如隔世的錯覺，雖然現在這種錯覺已經消失，但也無法對這個地方感到熟悉，我想不管到世界哪個角落都有認同台灣是唯一故鄉那樣的心情吧。我坐在靠走道的位置上和蘇菲一同望著方窗外發亮的白色雲層，很厚實的雲層下應該是陰天吧，在那天氣下面的芊嫙今天過得好嗎？牛仔褲的口袋裡塞著一個表面寫有旅行平安的護身符，想到今早氣喘吁吁跑到松山機場只為了送給我護身符的芊嫙的笑臉，我的心就彷彿被箍緊了一般疼。

「西班牙天氣好嗎？」一見面芊嫙劈頭就玩暗語。見她喘著氣邊擦著汗想必剛剛在趕路吧。

「倫……倫敦在下雨。」我有點尷尬的說。不可思議我竟然在跟一個十八歲的少女玩這種遊戲。

「哈，很好很好。」芊嫙大笑。

「妳怎麼來了？」

「這是我在龍山寺幫你買的，希望你旅途平安喔。」芊嫙對身後的蘇菲禮貌點頭然後靠近我的耳邊小聲地說：「新女朋友好美唷～」

「少亂說。」

其實當下我想要緊緊抱著芊嫙，但我卻淡淡的說聲謝謝就離開了，一來我沒有任何立場，二來蘇菲就站在我的身後，讓她看到了這樣年輕的女孩跑來找我不曉得她心裡會怎麼想，我心裡又習慣警戒著，但現在坐在機艙內的我又有些後悔，我到底怎麼了呢？

「在想什麼呢？」蘇菲轉過頭問我。

蘇菲不同以往穿得十分休閒，及膝的白色麻質裙，海軍藍橫條紋貼附在白色七分袖針織衫上，從圓領裡漂亮的露出鎖骨皮膚，頸部掛著一條金色『I♡NY』的字樣項鍊，左手腕戴著許多特色手鍊，這樣的打扮如果說她是三十四歲的女人簡直太過失禮，今早在機場也是楞楞的看著蘇菲一陣子才認出她。

「我在想這次出差的目的，然後要說什麼話做什麼事。」我說。

「少來，那個女孩是誰啊？」

「誰？」

「那個看起來簡直年輕到外太空去的少女啊，不是來送東西給你的？」

「喔，她是我表妹。」我乾脆的說。

蘇菲用她微微上飄的鳳眼注視著我幾秒然後開口。「男人啊，說謊的時候有一個共通點，那就是回答得非常快速，通常支支吾吾的時候就代表他準備要說實話或是等一下可以拆穿他讓他說實話，而且你剛剛的眼珠子稍微往右上方飄動，這分明就是十足的謊話。」

「呃，妳以前是偵探嗎？」面對鋒利的蘇菲我只能楞住。

蘇菲咯咯的笑著。「好啦不逼你了，不過我還是好奇她到底幾歲。」

「十八歲多一點。」

「What？！是eighteen那個十八嗎？」蘇菲驚訝的用手擋住嘴巴。

「嗯，是的，eigh……teen。」我特別拉長這個英文單字。

蘇菲搖搖頭然後望向窗外。「現在男人真的是很厲害，樹你真讓我刮目相看了。」

「學姐，妳想到哪裡去了。」

「不行，從現在開始不允許你叫我學姐了，因為樹學長畢業的時候，小女子都還沒有進東吳呢。」

我睜大了眼看著蘇菲。「所以妳比我小？」

「沒禮貌，我真的看起來這麼老嗎？雖然也快三十了啦，唉。」蘇菲托著腮轉向窗外嘆氣。

「那為什麼當初——」

蘇菲打斷我的話。「當初為什麼要騙你對不對，因為我的個性其實很古怪又有點雙重性格，忽冷忽熱的，一不小心就會露出奇異的個性嚇到對方，所以我必須戴上嚴肅的面具，而且我可不想第一次跟你聊正事就顯露出比你小比你弱的形象，一開始就讓你知道我比你小這麼多，我說的話你還會聽進去嗎？

「在現代社會裡尤其是佔比較高層位置的女人雖然我不是多高層，很是辛苦呢，雖然現今講求男女平等，但在亞洲社會裡還是有一大段路要走，我本來也不喜歡一本正經的跟你們滔滔不絕講大道理，但沒辦法，不這樣的話一旦神秘的面具被拆下後就得不到尊重了，因為我的人事資料比較特殊，除了一些高層特定人物知道外，你是第一個知道我未滿三十歲的人喔，有沒有覺得榮幸？」

「非常榮幸。」

「又說謊。」蘇菲白了我一眼。突然發現她也有可愛的一面。

「那為什麼妳要讓我知道呢，不怕我說出去嗎？」

「不怕。因為你是樹啊，就因為你是樹我才不怕，我特助這位置不是幹假的，我觀察你很久了喔，獨來獨往，拚命加班，不善交際像水一般的男人。而且就算你說出去了，那只能代表我對你看走眼而已，任何事還是不會有任何改變，這點我很清楚而且可以掌握的，大不了採取 Plan B 而已，**所有事情都有 Plan B 喔，包括人生戀愛都是**，麻煩的只是辦公室多了一條八卦而已，但我想辦公室我的八卦應該很多，不欠這一條對吧。」

「這……我不方便多說。」我搔搔頭。

「你就是這樣我才相信你的喔。」蘇菲笑著說，然後按下鈴向空服員要了兩罐啤酒。

「那小女孩兒真是可愛呀，樹真有你的，還騙我說你單身呢。」

「唉……不是妳想像的那樣。」我嘆了口氣。

「Salud！」蘇菲用西班牙語乾杯。

「Salud～」我無奈的舉杯。

蘇菲喝完後又叫了一瓶啤酒，我示意不喝了但拗不過蘇菲。「以前在美國坐飛機的時候都要喝得醉醺醺的，你知道在兩萬五千英尺上空喝醉是最高級的酒醉方法。」

蘇菲似乎話匣子開了，連綿不絕的講述她在紐約唸財經法律的生活，當講出她父親的名字時我著實嚇了一大跳，原來八卦是真的，她父親真的是市值超過百億以上的復興金控集團總經理，復興金控擅長分解然後併購公司來操作股票，常常在財經新聞裡看見蘇菲父親的名字。

蘇菲二十歲大二的時候就被送到美國唸書，畢業後待過法律事務所也到過公關公司上班，親戚大部分都住在波士頓或是紐約，唯一的哥哥也在華爾街當操盤手，基本上算是個豪門家族，至於為什麼蘇菲現在會被丟進台灣的這間小公司裡當特助她並沒有講，但我不覺得奇怪，有錢人的小孩總是會被派到最不起眼的單位，聲稱「從基層做起」以展現金字塔頂端的風度。當然這是我的偏頗想法，這輩子沒機會當有錢人，所以我無法了解他們的辛酸吧。

頓時感覺蘇菲離我好遙遠，誰說萬物之間必有吸引力，雖然蘇菲坐得這麼靠近，但因為現實環境條件的影響下，人與人之間不但沒有吸引力反而感覺距離遙遠，我突然想到泰戈爾那句名言，我想這是除了愛情之外世上最遙遠的距離了。

□

我們下榻在離外灘不遠的威斯汀酒店，託蘇菲的福這算是我來上海住過最高級的酒店，一樓寬敞的中庭還擺著偌大的古典鋼琴，璀璨的水晶燈和舒適的地毯，乾淨整齊的服務生制服，標價昂貴到令人咋舌的時尚衣物，我想現今的中國到處是馬克思主義無法描寫出來的強烈矛盾吧。

「讓我醒個酒休息一下，傍晚我們出去吃飯。」蘇菲說。

「我也醉得差不多了。」我說

「這樣不行喔，這樣明天的宴會怎麼幫我擋酒呢？」蘇菲說完用磁卡感應門鎖走進我對面的房間。

進房後，我連行李箱都還未打開就躺進軟綿綿的床裡深沉的睡著。這段時間我夢見了未婚妻，有多久沒夢見她了我自己都不清楚，甚至在夢裡一時之間我還以為是芊嫙，雖然她們兩個完全不同風格，但一直到最後才發覺是未婚妻，就像所有的夢一樣似近似遠，以為是貓最後是羊，但羊卻代表了整個夢那樣。夢裡她坐在床邊用手撫著我的臉頰，我的手也很自然覆蓋在她的手背上，熟悉的溫暖，她對我說了一句**你瘦了**。我點點頭，喉頭哽咽得難受，淚水滿在眼角窩裡徘徊，她又說了一句**你真的瘦了好多**。

然後，我淚水決堤了，夢裡我哭到嘴唇一直在發抖，胸腔劇烈抽動到發疼的程度，應該是長大以來第一次哭得這麼悲慘，或許我本能性的感覺到這是在夢裡吧，換句話說就夢本身對我而言變成一個保護罩，只有在虛幻的夢的保護下我才能這樣盡情的哭泣。但電話鈴聲將我抽離夢中後，鏡中雙眼微微紅腫淚痕爬在臉頰兩旁的我才了解到真實世界的殘酷。

□

傍晚時分，由於上海緯度較台灣高許多又屬於大陸型氣候，十月的氣溫接近15度左右，可以讓人穿上薄毛衣的適中溫度，我和蘇菲並肩走在淮海中路的人行道上，兩排行道樹掛滿閃白色的燈飾，路面上四處散落著金色偌大的梧桐葉，柔和的黃光暈在法式特殊建築的紋理表面，那磚、那牆、那斑駁交錯的灰影以及燈光構築著浪漫氣氛，蘇菲靜靜的看望四周，但如果芊嬿在這邊的話一定開心的尖叫了。

「淮海中路以前叫做霞飛路，是依當時法國將軍的名字所取的，而上海的梧桐樹也都是法國移植過來的喔，這樣的情況比紐約好多了，紐約政府貪小便宜的去移植中國以及韓國的行道樹，結果連害蟲也移植過來了，每年紐約的行道樹枯死了好多，只能不斷的更換，但這邊的梧桐樹卻不同，堅強的活了下來，造成上海到處充滿法式異國風情，對晚年常遭受侵略的中國而言也算是一份小小補償吧。」蘇菲靠著稍微落漆的藏青色窗櫺向外望著，她及肩微捲的茶色髮絲被燈光反射出光澤。

「但大部分的東西是補償不了的，我覺得中國還是待在兩千年前那種古典盛世比較好。那才是真正的中國特有文化喔，現在倒是變形了許多。」我說。

「這麼說也是沒錯。」

端上桌的是上海咕咾肉，油亮的豬肉切得方方正正，水煮蛋是炸過的外脆內軟，再輔以鎮江醋、香料以及冰糖熬煮，整盤看上去雖然很漆黑但口味卻是一絕，桌上還有冰糖蓮藕、醋黃魚以及清炒蝦仁，味道都偏甜。這間特色餐廳位於南昌路巷子裡，整間都是漆上藏青色的木材構築而成，屋裡擺設都是六〇年代的古典器具，木造的收音機、金屬圓狀的胭脂盒、彎管的水煙以及青瓷鼻煙壺，連餐具都清一色是青花瓷器，天花板用暗紅色燈泡以及木造燈罩圍著，我想要不是有常來上海的人是不知道這種地方的，這裡到處留有老上海的痕跡。

「妳以前住過上海嗎？剛剛一路走來，感覺妳非常熟悉這裡。」我嚐了一口咕咾肉，甜甜的滑入喉嚨。

「小時候每年暑假都會來，你知道恆社嗎？」蘇菲問。

我搖搖頭。這時候才聽出這餐廳正播放著 Mariah Carey — Mine again，揉合著東西方的氛圍。

「那你應該會比較知道杜月笙，聽過吧？」

「杜月笙好像滿厲害的，有聽過。」杜月笙應該是民國初年上海灘的老大吧我想。

「恆社是杜月笙一手組織起來的，是幫派黑社會那種，專門搞一些毒品交易啦、人口販賣、開歌廳酒店那些事情，算是上海當時勢力最強大的幫派喔，畢竟在當時也有得到國民黨的幫忙啦，而我的祖父是恆社裡的其中一名帳房，相當於掌管了一部分錢財的財政大臣，日本佔領上海後杜月笙逃到香港，我祖父到台灣落地生根，中心人馬就被迫全部解散了。

「等抗戰結束台灣光復了，杜月笙回到上海才又聯絡上我祖父，當時在上海也做了一些生意，但不久內戰又爆發，還好祖父早一步回到台灣避過了戰爭，杜月笙選擇逃到香港，最後因為身體欠佳死於香港，最後遺體運到台灣下葬，我小時候也有被爺爺帶去祭拜他喔，不過長大以後才知道原來我去祭拜的人物是當時在上海叱吒風雲的梟雄呢。」蘇菲說到這將蟹黃豆腐羹喝了一大口，我將黃魚骨刺慢慢的去掉。

「妳了解得還真透徹。」我佩服的說

「我本來就對歷史有興趣，而且爺爺和父親或多或少都會講一些，所以當時有一些親戚留在上海，就住在衡山路那邊，這間餐廳也是小時候姑姑常帶我來吃的，後來她們大部分都移居美國了，留下的只剩下房地產吧，本來這次來應該也有空房住，但住在美國的爺爺讓我不要太麻煩人家，而且我也覺得住飯店比較方便，反正這一帶也改變很多啦，小時候的印象還是比較好一點。」

蘇菲一派輕鬆的說著，然後喝了一口冰糖菊花茶。上海房價是舉世皆知的昂貴，我很難想像蘇菲這個家族擁有多少財產，也很難去體會擁有這樣財產的家族底下的人們是以怎樣的心情活在這世界上。算了，無法體會的事再怎麼想也沒用，我很快放棄想像。

「樹你呢？」

「我，怎麼了？」

「說說你的事情啊，例如，為什麼到這個年紀還跟青春少女鬼混在一起的故事。」蘇菲的眼神滿是揶揄。

「饒了我吧，我跟她真的沒有什麼關係，只是萍水相逢的一個小女孩，我連她的全名都叫不出來呢。」

「跟年輕女孩相處到底是什麼樣的光景呢，有找回青春的感覺嗎？」蘇菲不打算理我的解釋。

「不，她並不像一般青春少女，她生活中背負著許多痛苦，而且很難讓外人了解她的內心世界。」

「這樣啊，是少年不知愁滋味，為賦新詞強說愁那種感覺吧，我以前也是啊，憂愁得很呢，青春不就是在歡笑與憂愁之間擺渡嗎，我想她長大就會改變了。」蘇菲輕鬆的說。

蘇菲的這番話讓我有點反感，我不認為在正常充滿親情而且富裕家庭裡長大的她能夠理解芊嫙的心情。

「我也不知道，她有她的人生。」我選擇避開話題。

「當然，每個人都有每個人的人生，選擇快樂和痛苦都是選擇，除了出生沒辦法選擇之外，其餘的都是自己選擇的，就連死亡都是喔，我說的不是自殺，因為就算生重病去世，也是因為一連串的選擇而造成的結果，如果當初選擇健康一點的食物健康的生活，不抽菸不喝酒不涉及危險混亂的場所，那麼也不會造成後來生病的後果是吧，做任何事情如果沒有足夠讓自己心服口服的理由就什麼也不會做，我是這麼想的。」

「是嗎，我倒覺得很多事情是無法選擇的，生命中突如其來太多挫折，還來不及選擇就已經被逼迫著接受了，我們只能隨波逐流，因為要去對抗實在太累了，光是生活周遭現實的事物要去處理就夠累了，哪會去想什麼沒有足夠的理由就不會去做。」我說。難道未婚妻會離開、父親會使用暴力也是我的選擇嗎？我不相信。

蘇菲楞了一會兒。「哎，原來樹這麼悲觀啊，有時候，太悲觀的人在這個社會上是不被允許的喔，作為一個人是會被逼著朝正面方向走的，從書局中熱賣的勵志書還有電視廣告裡都看得出來，黑暗、悲傷、墮落、不得已、難受……等都不被允許喔，這點你要明白。」

「我想這不是悲觀只是看法不同而已，而且誰說光明之中沒有黑暗，**越亮的地方陰影也越深越長。**」

「這個道理我了解，只是，我們永遠是這個世界的一份子，逃脫不了的。」蘇菲說完乾脆的把帳單拿到櫃檯付了，我想要付但又再次被蘇菲制止了。

走出門外，氣溫比想像中的還要低一點，蘇菲的窄版風衣外套被突如其來的風吹動，她身後的我聞到一股百合花香味，我們走在裝飾滿是藍光的天橋上，周圍有造形科技感十足的高樓，也有復古風的洋樓和中國式的磚瓦建築，一陣迷幻的感覺，難怪上海以前被譽為「魔都」，一時之間我也不曉得身在何處，蘇菲突然停下腳步然後靠著欄杆望著底下車水馬龍的流線燈光，我也一樣的動作靠著欄杆嗅著上海特有的迷幻氣味。

「我想到有一句話挺適合你的，剛剛一直在想，到現在才想起來。」

停頓一下，我覺得蘇菲的側臉有一種誘惑。很尖銳的。

「三毛說來生要做一棵樹。」

「三毛？樹？」

「**如果有來生，要做一棵樹**，站成永恆，沒有悲傷的姿勢，一半在塵土裡安詳，一半在空中飛揚，一半散落陰涼，一半沐浴陽光。非常沉默非常驕傲，從不依靠從不尋找。」蘇菲雙手插在風衣口袋裡轉過身看著我。「怎樣，很適合你吧，樹！」

從蘇菲口中聽到樹這個字很舒服。

「我……」我楞楞的看著蘇菲和搭配著她的夜上海。

霎時，在我眼中的蘇菲身形好像鑲上一層淡淡金邊，跟芊嫙完全不同的蘇菲擁有纖細高瘦的身材，看不出年齡的乾淨臉蛋，薄而翹的嘴唇，尖而挺的鼻梁，光影在她身上悠遊著，那種主動型帶有攻擊性的美麗衝進我的胸腔裡四處撒野，蘇菲跟我的距離還是好遙遠，遙遠到就算我現在正為她心動也顯得微不足道，她身旁應該要有一個更強而有力的光芒才足以跟她匹配，換句話說，她的美麗讓我失去了自信。

蘇菲輕盈的轉身兀自往飯店前進，周圍瞬間變暗，我想這才是我所蹲踞的世界吧，我又想起在酒店裡那場短暫的夢，一再告訴我現實殘酷的夢，就連剛剛在餐廳裡我講的話到底是錯是對我都不是很確定了。

之六／輕柔、安靜還帶了悠悠思緒的吻

隔天的晚宴在浦東的寶萊納餐廳舉行，副總大概把四分之一的餐廳給包下來，很典型的美國酒吧式餐廳，靠窗的地方可以看得見黃浦江夜景，大部分的人都是穿著西裝出席，當然我也被要求穿上應付式的西裝，蘇菲非常吸引人目光，一襲黑夜藍絲綢洋裝表面鋪著斜射而過如流星般的碎水晶，搭配黑色素面亮皮CHANEL腰帶和白色高跟鞋，頭髮盤了起來露出白皙頸部，左手腕依然圈著許多手環叮咚作響，隱約看得見那疤痕。

她從飯店出來幫我調整領帶時我幾乎傻住了，女人的確是上帝所精心打造的藝術品，男人在女人面前就顯得骯髒污穢得多了，十年後的芊嫙是否也會出落得如此美麗呢？我心想，帶著一點點的心痛的想像。原本以為這個晚宴應該可以很順利，但最後我們卻狼狽的離開。剛開始的時候的確還不錯，蘇菲舉止優雅而且一口流利的英文，國外客戶和副總都圍繞在她的身邊，簡直就變成整場宴會的焦點。我默默站在角落吃著牛角麵包夾起司，除了剛剛跟副總討論到我所製作的河流案通過以

外，我想我這次來上海的任務應該就此結束了。

宴會進行到一半 Kent 從門口走進來受到副總的親切招呼，在 Kent 身旁勾著他手臂的是一個氣質出眾的女人，這個女人以我目視猜測大約長蘇菲幾歲，身著白色襯衫套裝黑色窄裙，淡雅的妝和上飄的鳳眼以及俐落的短髮，跟 Kent 站在一起簡直是完美的搭配，我想應該是 Kent 的老婆吧，起初我有些驚訝，因為畢竟沒有聽說 Kent 要來，而在這之前 Kent 已經缺席產品會議足足一個月了，我也有將近半個月的時間沒有看過 Kent，他到哪裡去了呢？Kent 的臉色似乎不太好，是身體狀況出了問題嗎？

「拜託，陪我一下。」

蘇菲走到我身邊來緊抓著我的手臂，那眼神無助又軟弱，幾乎可以看見她眼窩裡薄薄的淚水，自從 Kent 走進來以後，蘇菲彷彿從美麗的水上芭蕾表演者變成漂流在大海無助的罹難者，並且緊緊抓著我這根浮木，她好像對 Kent 的造訪感到非常訝異，整個人瞬間失去了舵一般慌張。

「蘇菲。」Kent 走近我們點頭示意，看到蘇菲勾著我的手臂，他眼神也帶著些微驚訝。「原來樹你也在啊，好久不見。」我和 Kent 輕輕握了一下手。

「好久不見。」我說。雖然許久不見，但我們還是保持著親切，Kent 總是給人清爽的感覺。

我跟 Kent 手拿著香檳互相寒暄一番，蘇菲站在我身旁眼神直盯著 Kent 身後正在吧台拿酒的女人，我感到一股詭異的氣息。

「你早就知道我要來上海了嗎？」蘇菲開口問。

「我知道。」Kent 點頭。

「那為什麼還要帶她來？喔，還是她自己要來，要來宣示主權的嗎？」蘇菲開口。

「什麼？」我納悶的問。

「蘇菲……」Kent 嘆了一口氣。

「你有聽到我的話嗎，我說為什麼她要來？是要給我難堪嗎？」

一頭霧水，我噤聲看著他們倆。

「蘇菲，都三年了，別再這麼孩子氣。」Kent 的臉蒙上一層憂愁。

「我孩子氣？要是我孩子氣的話，在公司我會這樣幫你嗎？我只是不想再看到她，你也答應過我的，這要求過分嗎？你根本什麼都不懂！」蘇菲的語調飄高了些，幾個人稍微轉頭注意一下我們，我也被蘇菲的舉動稍微嚇到。

「樹，跟你借一下蘇菲。」Kent 對我說完然後眼神再度投向蘇菲：「聊聊好嗎？」

蘇菲倔強地別過頭去。

「一切沒事吧？」我問。

「沒事的，放心。」Kent 說完帶著蘇菲往陽台走去，我移動到角落的無人位置靜靜看望著他們站在陽台的背影，總覺得，蘇菲又離我更遠了。

□

過了大概三分鐘左右，女人朝我這邊走了過來並且問我 Kent 的去向，我朝陽台指了指，她望個幾秒嘆了口氣後就在我對面的位置坐下來，珍珠耳環晃動著表情有些落寞。

「不好意思都沒有自我介紹，我是雨雅，Kent 的太太。你是樹吧？Kent 常常提起你。」

「Kent 嫂妳好。」我深深點頭表達敬意。

「不用這麼客氣，叫我雅姐就好，Kent 滿欣賞你的喔。」雅姐的眼神不時的向陽台飄去，有點心神不寧。「對了，冒昧的問一下，請問你是蘇菲的男友嗎？看你們很親密。」

「喔不，我是她的下屬，陪她來出差的。」我急忙澄清。「雅姐也認識蘇菲嗎？」

雅姐喝了一口香檳望著陽台然後點頭。「故事說來話長，不過我們的確有點關係。」

「雖然我不該插嘴，但是，她好像對你們的造訪感到訝異，突然變得很脆弱，很少看到她這個樣子，在我們公司她可是一個女強人呢。」

「唉，她也曾經是一個天真浪漫的女孩，只是不夠成熟，做了很多錯誤的事情。」

「什麼錯誤的事？」我問，但突然又覺得不應該問。「喔，對不起，妳不用把事情告訴我，我只是順口問一下，沒有別的意思。」

「沒關係。」雅姐笑了笑，眼角的皺紋也很美。「樹，老實跟我說，你喜歡蘇菲嗎？」

「我……不，她是我的上司呢，怎麼可能。」被雅姐這樣一問我突然不知所措。

雅姐又堆起那美麗的皺紋笑著，溫柔又恬靜。「我看得出來喔，當蘇菲緊緊勾著你的時候，你那緊張害羞的表情，我從遠處都能感受到你的心跳聲喔。」

「怎麼會……我都三十幾歲的人了，別挖苦我。」我尷尬得低下頭。

「就算到六十歲也會有愛上人的感覺，這是作為一個人的基本行為啊，沒什麼好害羞的。」

一陣沉默。

「對了雅姐，要不要我出去請 Kent 進來？」

「不了，讓他們兩個聊聊吧，我們也喝酒聊天。」雅姐舉杯，我也跟著喝了一點，雅姐把杯中酒都清光了，又去吧台要了一杯。

「蘇菲是不錯的女孩，喜歡她就得要把握哦。」我不懂雅姐為什麼要一直誇蘇菲。

我搖搖頭。「她散發的光芒太耀眼了，我們是不同世界的人。」

「是嗎？」雅姐似乎欲言又止又望向陽台。「真不知道是怎麼樣的命運將他們拉在一起的。」

「命運？他們好像認識很久的樣子。」

「不，認識不算久，可是真正熟悉起來是在一瞬間，蘇菲在紐約工作時認識了Kent，他當時是因為公事必須要到波士頓長住一段時間，雖然他們相差了將近十五歲，但他們還是在短短的時間內互相愛上對方，至今，我還是好嫉妒蘇菲。」

公司裡的流言竟然一步步被證實，原來蘇菲真的跟公司上層的人有過來往，我感到驚訝不已。

「Sorry，我是不是問了不該問的事？」我道歉。

「不，沒關係，聊聊也無妨，而且事情都過三年了。」雅姐的擔憂眼神頻頻望向陽台，對我則是漫不經心的說著故事。「打從出社會那年跟Kent在一起，我就有一種強烈的渴望，渴望嫁給身邊這個男人，渴望永遠依賴著他陪伴他，我想這是我的命運吧，**唯有順從這命運我的人生才能走得下去**，Kent從小父喪母改嫁，所以他一直都很獨立同時也是個不婚主義者，可是這對我來說都無所謂，只要能在他身邊，不管要不要結婚生不生小孩都沒關係，從小嬌生慣養的我竟然有如此篤定的心情，我將這樣的心情視為珍寶，我是愛他的，非常肯定。」

我搖晃著杯中金黃色液體，等待雅姐繼續說下去。

「我們三角關係糾纏了一段滿長的時間，一年後我辭去工作飛到波士頓去找 Kent，你能想像身旁睡著的那個人一直都想著另外一個人那種心情嗎？陪著 Kent 一路走來將近十年的我竟然無法比過一個只相處幾個月的蘇菲，雖然不甘心但因為實在太累只好忍著痛選擇放棄。

「在準備找 Kent 協議分手的同時，才得知他的住處被幾個白人流氓給搗毀，而那帶頭的剛剛好是蘇菲藕斷絲連的前男友，還將 Kent 狠狠揍了一頓並且恐嚇他不准再靠近蘇菲，這個事件可大可小，第一因為不是美國公民所以 Kent 怕麻煩不想把事情鬧大；第二要是讓公司知道可能會讓 Kent 因為行為不檢而調回台灣或是丟了飯碗，所以 Kent 並沒有報警，去醫院還是我親自開車送他去的，一切都以低調行事也沒有跟蘇菲講。

「當時蘇菲正與家人在中西部旅遊，Kent 出院後就決定先回台灣避一下，也希望這件事從此落幕，可是我實在氣不過，所以將被搗毀的住處拍照存證等蘇菲回來後讓她知道這件事，我並不是要讓她難堪，我知道並不是她的錯，因為她對前男友也用情很深，聽說還曾經自殺未遂，她也是一個勇敢愛的女孩呀，我只是希望她能主動離開 Kent，這件事打亂了他原本清靜的生活，他們互相瘋狂愛上對方只是一個錯誤，雖然我嫉妒這樣的愛，但Kent還是必須回到原來的生活，我也想盡力的幫忙他，可是蘇菲——」

雅姐說到這就被從陽台進來的蘇菲打斷，我還悠悠的想像那三角關係以及蘇菲手腕上被遮掩的疤痕。

「我們走，不要在這裡聽騙子說話！」蘇菲勾起我的手直往大門走，我瞥了一下副總，他已經喝得酩酊大醉，我想這時候走好像也不會太失禮，Kent一副抱歉的樣子並請我好好照顧蘇菲，沒事的你好好陪著大嫂吧我說，然後就跟著蘇菲的腳步邁出。

我一直無法忘記走出門以前雅姐的眼神，似笑非笑、似憂非憂，那是一種同情但又不完全是同情，裡面包含了一點點勝利一點點輕蔑甚至於一點點復仇的意味，那使我渾身發毛不寒而慄，我不懂為什麼雅姐要跟我說這段故事，是想要透過我讓蘇菲了解什麼嗎？雅姐真的是要來宣示主權嗎？為什麼蘇菲要說她是個騙子呢？到底，蘇菲真的愛Kent嗎？到底，我在這場宴會裡又扮演什麼角色，在他們三人之間，我感到自己就像被隨手丟棄在空中流浪的塑膠袋，不只蘇菲狼狽我也感到難堪。

昨晚對蘇菲的心動又是什麼呢？坐在計程車裡我將手插進口袋中緊緊握著芊嬿

給我的平安符，想像她蹦出來對我說：西班牙天氣好嗎？我對她說：倫敦在下雨，這樣就足夠了，我好想念那個下著雷雨的夜晚，我實在討厭這些複雜關係，我的頭好疼心情差到一個極點，只想趕快回飯店窩進棉被裡什麼都不管。

「陪我喝酒。」

蘇菲站在衡山路一間叫作《蘇荷》的 PUB 門口對我說，從門口進進出出的大部分都是白種人，摻雜一些長髮中國女孩，有不少外國男人注意著蘇菲，蘇菲將頭髮放了下來，眼神沒有焦點，像是一個落難的公主。

「特助，我想我的任務完成了，我想先回飯店了。」

「哼，特助？怎麼，我又變成特助了是嗎？連你也要拋下我是嗎？是不是那女人跟你說了什麼？會發生那樣的事一切都是那女人主導的你知道嗎？」蘇菲雙手交臂瞪著我。

「特助，請不要把我拖進你們的三人世界裡，我夠累了，拜託，妳想怎麼大玩感情遊戲我不管，請妳至少尊重我有自己的私人時間。」

「不要在那邊特助來特助去的！」

蘇菲幾乎是用吼的，我楞住了，她彷彿也被自己的舉動嚇到，眼角閃著淚光。

我們僵在那邊，一陣涼風吹過我們之間，梧桐葉在地面上像是紛紛離去的戀人們發出窸窣的聲響，暗淡的黃光灑在蘇菲的臉龐上感覺又倔強又惹人憐。

「Whatever！」蘇菲轉身走進 PUB。

我隨即轉身坐進計程車離開但內心卻不斷在翻騰，我剛剛是不是做錯了什麼？窗外整齊排列的梧桐在昏黃的燈光下為樓房刻劃上歷史的斑駁，從窗縫洩進來的風帶著淡淡迷迭香，一切如夢似幻，我這樣算是自私嗎？算是任性妄為嗎？不，不是的，我很確定自己的心情，離開是對的，是雅姐說謊也好、是蘇菲受傷也罷，這一切本來就不應該我來承受不是嗎？不是嗎……不是嗎……

——管它的！心中湧出這個聲音。「師傅！麻煩旁邊停車！」

□

走進蘇荷，裡面的裝潢十分現代化，繞了幾個像太空艙的包廂圍起來的小彎之後才來到舞池吧台區，我四處看望卻找不到蘇菲所以只好先在吧台旁點了杯英格蘭威士忌喝著，雖然是平日但人還是非常多，舞池裡的外國人拿著啤酒瓶到處找中國女孩搭訕，吧台旁有升降式舞台，上面正扭著一個身形纖細長相古典美麗的中國女孩，這舞實在不適合她啊我想。

今天的主題好像是搖滾夜，所以大家穿著十分Rock，有皮衣、手鍊、皮靴、龐克頭、個性T恤等，所以像我這樣穿著普通西裝坐在吧台喝威士忌的人還真少，我想蘇菲應該會發現我吧，雖然我也持續在找蘇菲，但身處異地的我卻不知不覺毫無節制喝了好幾杯威士忌。

歌曲來到Nirvana—Come as you are，前奏一下現場氣氛突然暴漲，主唱嘶啞的歌聲令人懷念，學生時期有一段時間經常聽他們的歌曲，灰暗憂鬱但又帶有解放意味，以前還有想要學主唱柯本乾脆自殺的念頭呢，現在三十三歲的我不禁疑惑了起來，殘存活下來的我比起直接在二十七歲高峰期就自殺的柯本，孰好孰壞？我竟然不能回答了，只能一杯接著一杯喝，就在換下一首歌之前我發現到蘇菲了，她坐在靠近舞池區的包廂裡跟幾個外國人正談笑著。

我走到包廂旁由上而下看著坐著的蘇菲，蘇菲本來愉快的表情瞬間消失，我們就這樣互相望著，一個大約跟我身材差不多的白人站起來擋在我和蘇菲之間。

「Any problem? Are you her friend？」白人說。他的眼神透露著不友善。

「E — X —」蘇菲站起來搭在白人肩上大聲的說。

「不要鬧了。」我搖搖頭的說。然後蘇菲靠近那白人的耳朵旁不曉得講了些什麼。

「I think she don't wanna see your face again.」白人對我說後又望向蘇菲。「Am I right？」

蘇菲做作點頭然後大方的勾著白人的手臂。我搖頭，竟然為了這個女人又跑回來這裡，我到底在幹嘛啊？我雙手一攤就轉身離開，此時，下一首歌開始Nirvana — Smell like teen spirit，我在階梯第二階停下腳步，心跳異常的快速震動，就這樣走了嗎？又是這樣的我嗎？逃避一切麻煩逃避一切討厭的事物就這樣走了嗎？我抓緊酒杯又轉回去。

「Hey,I don't want to say twice, get out here！」白人指著我大罵，蘇菲不理會我兀自抽著菸。

我沉默，手中的酒杯抓得更緊了。坐在包廂裡的男男女女像在看戲一樣，有的人也在對我叫囂。

砰的一聲，白人揮了我右臉頰一拳，力道並不大我還能站得穩，嘴角一陣腫般的疼痛。

「Coward！」白人啐了一口痰。

這個單字像點燃炸彈一樣，我的眼前一片白，緊抓威士忌酒杯砸在白人的鼻尖上，頓時血濺到我的手臂上，可是我的心跳卻緩了下來出乎奇異的冷靜，剛剛的衝動好像這一砸都釋放了，白人馬上站起來又揮了我一拳，包廂裡尖叫聲不斷酒也四處潑灑，有的人在勸架也有人順勢揍我，而他壓在我身上一直不斷對我揮拳，臉頰、額頭、鼻頭、胸口、腹部，痛覺不斷的累積，但這感覺竟然這麼熟悉，我並沒有害怕也沒有憤怒更沒有羞恥，取而代之的是一種無奈的平靜，為什麼要有暴力存在呢？

我放棄的攤在地上被眼前的人揍，就像小時候以冷冷的眼神望著父親般望著他，我心裡又問了一次：為什麼要有暴力存在呢？等我發現其實可以控制自己的身體時，我隨手抓起鐵製的垃圾桶往他的側腦使出全力砸過去，手腕一陣疼痛，白人好像暈過去倒了下來，有幾個人打算從背後扣住我，我甩開他們騎到白人身上一拳一拳的揍，這樣的暴力彷彿就是我人生的全部，但每一拳擊中在他臉頰的觸感都使我感到悲哀，眼前的白人就像小時候的我任憑父親宰割，我感覺眼淚快要流下來，因為我變成父親的角色了，多麼令人傷心。

不一會兒我被幾個男人架開，被扣住的我呆呆望著躺在地上的白人，我嘴唇不停的顫抖而呼吸到現在才開始急促，怎麼會這樣！我心中感到無比的悲哀，周圍吵雜的聲音都消失了，只剩下自我被框在黑暗中哪裡也去不了，爸，你在打我的時候也會有這樣的心情嗎？爸，我恨你。但真的如果能夠恨你，希望這是最後一次了，我掩面無力的想哭但卻哭不出來。

我和他的傷勢都算輕微，畢竟我們都不是本地人在這邊鬧事也不太恰當，再者是他們先動手也算理虧，蘇菲和他們達成共識打算趁酒吧圍事還沒發現這邊的混亂時各自帶開結束這場鬧劇，不知道是不是不打不相識，那白人拍拍我的肩膀對我笑了一下就跟他們的朋友走了，我們也隨即離開。

蘇菲一路上都擺著很嚴肅的臉，「誰教你多管閒事」的那種責備表情，她的那種表情越深一分，我也對自己更生氣一分，因為我大可以一走了之，為什麼還會轉回去呢？其實我明白這跟蘇菲無關，只是覺得心裡有某股黑暗力量蠢蠢欲動，以「要發生什麼事情了」的那種心情轉回去的，其他我也不知道為什麼。我的嘴角滲著血，臉頰感覺像歪掉似的腫著，肋骨疼痛、拳頭關節處破皮、腹部也隱隱作痛，這些傷都一再讓我想起不好的回憶。

□

回到飯店，蘇菲不說一句話就回她房間，我則躺在床上全身動也不能動的疼痛著，腦袋裡還非常混亂，與其說因為蘇菲而混亂倒不如說是為什麼自己有這種行為而混亂，我閉上眼在接近睡著之前蘇菲拿了一些外傷藥來房間找我。

「我自己可以照顧自己，這邊我很熟，不用你多管閒事。」蘇菲拿棉花棒幫我擦藥也不忘唸我。

我嘆了口氣沉默地向窗外望去，那夜景也很沉默，我無法解釋任何事情。

「真搞不懂你心裡在想什麼。」蘇菲沒好氣的說。

「我才搞不懂妳。」我不高興的回應。

蘇菲起身將窗戶打開，十月涼爽的風吹送進來將紗質窗簾推得好高，她轉開飯店裡附的威士忌袖珍瓶兌冰水調了兩杯，然後靠在窗台點菸敬我一根，我拿著酒杯勉強起身跟她並排靠著，我們的頭髮都被吹亂了，蘇菲不斷用手壓著她微捲的長髮。

「不過，倒是第一次有男人為了我打架。」

「不是為了妳，雖然我不曉得為什麼，但不是為了妳。」我喝了一口酒，嘴裡的傷口碰到酒產生劇烈疼痛，眉頭皺了起來。

「那倒好，我就不用太擔心了。」蘇菲倔強的說。

「而且，我想有男人為了妳出手揍人對妳來說應該不算陌生吧。」我的語氣很酸。

蘇菲先是驚訝但隨後就冷笑一聲。「原來那傢伙跟你說到那裡了啊，真是唯恐天下不亂。」

「我並沒有很想知道，只是提醒妳一下罷了。」

「你有時候真的太嚴格了點，難怪這次任務會挑選你。」蘇菲深抽了一口菸再吐出來，煙霧從她口中出來的時候很快被風吹散。「那女的是很可怕的傢伙，外表光鮮亮麗，內心卻是像死豬肉一樣的腐爛，她知道我跟Kent的事後就馬上飛來美國，不斷的阻撓我跟他見面，雖然中間糾葛了很久，但我這個人並不是那種會勉強別人的女人，我也知道愛是勉強不來的，雖然我們互相深愛著，但也尊重彼此的私人空間，不像她常常會用偏激的手段來取得Kent的注意，最可怕的手段就是她找人去搗毀 Kent 住處那次。

「她應該會跟你說是我的前男友，但其實根本不是，我跟那個男的雖然認識，但也只是泛泛之交，我也不曉得他們怎麼搭上線的，總之，一方付錢一方做事，就這樣掛個莫須有的罪名給我，事後就算我查出來根本不是這麼一回事，也很難澄清說得明白了，Kent 雖然站在相信我的立場，但那意志似乎也很薄弱了，他也是個不想惹麻煩上身的人，所以我們只好先分開，但我跟 Kent 說過，我這個人最討厭被誣衊，不管他相不相信我總之我不想再看見那個女人，這是我能容忍的最大極限。後來進來這家公司會遇到 Kent 根本就是出乎我意料之外。」

蘇菲說完後就漂亮的清空杯底，冰塊匡啷的響著。

「你們三個好像無聊的肥皂連續劇。」我說。

「人生不就是一場無聊的戲，舞台上演員拚命的流淚假笑，舞台下觀眾拚命的嗑瓜子睡覺，到底誰真正在乎，誰又真正能夠了解我？算了，I don't care……」蘇菲的聲音有點啞，似乎是哽咽了，她用手掌拭淚，風吹過她的長髮飄出令人醉的香味。

「妳不是說過，我們都是這世界的一份子，沒辦法逃脫，我也試著想讓人了解，可是，最後得到的結果就是大家都一個個離開我，我也不知道發生了什麼事情，從小——」我差點脫口而出家暴的事情，但我還是止住了。「從小到大，這世界總是以不了解的眼光在看我，難道我們真的就不能逃嗎？最後就必須讓人了解讓人陪伴嗎？我不懂。」

蘇菲突然笑了出來，她搖搖頭：「樹，你真的很不會安慰人啊，很自私吶。」她將玻璃杯放下然後走到門口。「走了喔，你早點睡吧。」

蘇菲將門砰地關上。我很懊惱的跌坐在床面想著蘇菲說的話，我好氣自己，到底什麼是自私，明明自己被搞得很狼狽，但好像又被打了一個耳光似的羞恥。

叩叩！不到兩分鐘的時間突然有人敲門。

「我忘了手機了。」蘇菲走進來四處找尋著。

「手機？」

「對，手機。」

「妳……進來就沒有帶手機吧。」

「喔……好吧，那沒事了。」蘇菲有些尷尬的往門口走去。

我只記得當時的心跳好大聲，但完全忘了我是怎麼走到蘇菲背後然後雙手將她轉身……

深深的一吻。

蘇菲的嘴唇很軟，帶著淡淡的薄荷菸味道，鼻頭有些冰涼，臉頰發燙著，百合花的香水味。

「你在做什麼？！」蘇菲把我推開，不過那眼神卻惹人憐愛。

「我，真的很……很……自私嗎？」

我說了這句莫名其妙的話，全身好像空氣般透明了起來，只有不安分的心臟像是鑲在透明玻璃罐中跳動，赤裸裸的。

我能聽見風吹動紗簾的聲音還有類似紙張被翻動的聲音，除此之外只剩下心跳聲，蘇菲再次靠近用手勾住我的後頸，閉上眼踮腳，像磁鐵一般將我們兩個的唇搭在一起，那不是淺淺的吻，而是深得無法呼吸像飛蛾遇到火把般的吻，昏黃的燈光將相擁的身影投射在被風吹動的紗簾上，這是愛嗎？不，我想不是，我只知道今晚發生太多事情的我們再也沒有力氣說話了，只能緊緊相吻，我們自然地做了這個動作，就像在皎潔月光下一對受過傷的河岸水生動物互相舔舐著傷口，我們兩個跌進綿軟的床持續的吻著，那是**輕柔、安靜還帶了悠悠思緒的吻**，一直到蘇菲的眼淚冒出來為止。

之七／我覺得你的變化就是你永遠不會變

當晚，蘇菲在我懷裡狠狠的哭了一場，並不是那種抽抽搭搭的哭法，是面無表情而淚水就像梅雨季節從屋簷不斷滑落的雨水那樣靜靜流下的哭法，我用手擦乾後她又開始哭，最後乾脆塞進我的胸膛寧願將我的襯衫哭溼一大片也不願讓我看見她哭的樣子，蘇菲連哭的時候都很壓抑，我緊抱著她感受她身上柔軟又帶點倔強的氣息，我的心蹦跳著、臉頰熱紅著，就像廉價愛情電影裡的人物一般，這時你會問我：『你喜歡蘇菲嗎？』當然，我會毫不猶豫的點頭，然後你又會問我：『那芊嬿呢？』我則是會微微笑搖頭，但這卻不代表我能跟蘇菲產生深切的連繫感，**喜歡歸喜歡、深切歸深切**，這大概是我能解釋當下感受的全部吧。

我們就這樣耗了整個晚上，我想不管雅姐和蘇菲甚至是Kent誰是誰非，他們心靈的某個角落都受到損傷了，這也沒有辦法，就因為我們一生下來就是不完整的人，隨著年紀越長失去的比得到的要多更多，我也曾經這樣的損傷失去過呀，所以我們只能互相彌補那不完整、互相舔舐傷口，非關愛與不愛非關責任與否，**只是一**

種非常微小的彌補，那個夜晚，蘇菲讓我更確信了這樣的道理，雖然她的淚沾溼我的胸膛、雖然我感受著她身體溫熱的重量，但我們之間的距離卻從未縮短一點點，而且未來也許就更難了，為此，我感到哀傷，就像螞蟻感嘆著冬天即將到來的那種微小哀傷。

□

從魔都回到現實世界後，我的戶頭突然多了一筆錢，數目不大但對於領死薪水的我來說還挺驚人的，「不要問反正收下就對了。」蘇菲這麼說，所以我也不再追問。日子歸於平淡正常，上班、加班、下班吃飯睡覺，昨日與今日相等，今日又與明日相同，什麼事都沒改變，河流案似乎很順利的在進行，公司好像產生了一點變化，公司股價因為歐洲標案的新聞而開始飆漲，Kent 也開始出席產品會議，而麥可雖然也是參加，但幾乎都不發表任何意見，這之間好像埋藏著一觸即發的導火線，不過我還是認分的工作，從不過問這些事情。

然後，跟蘇菲也回復到以前上司下屬的公務生活，雖然其中隱含著什麼不確定隨時會動搖的情感波動，例如在會議中不經意的眼神交會時所產生的空氣凝固，或是兩人獨處在茶水間喝咖啡時那種欲言又止的感覺，但我們似乎都很有默契盡量避開，期待些什麼嗎？我想是有的，我也能感受到蘇菲的期盼，但我們都很小心翼翼不跨越那條無形的線，我想起村上龍書裡的那句歌詞：『……直到你不賭上性命就無法接吻，直到你品味含淚苦澀的唇，雙眼紅腫，失眠驚恐，直到你了解自己竟然那麼自我，你不懂，愛情是什麼。』已經不是十七、八歲的年紀了，但我想在某個程度上我們還是都不懂愛情吧。

芊嬿呢？大概有兩個星期沒有打給她了，她還好嗎，我想念那個大雷雨的夜晚還有去療養院的日子，我想過幾天也該打電話問候芊嬿一下了。

「原來你在這裡。」蘇菲拿著兩個罐裝咖啡從公司陽台門口走出來，我的菸抽到了一半然後捻熄。

「嗯，抽菸。」我說。

深秋下午的陽台吸菸區空無一人，工業區上方覆蓋著淡淡的霧壓低了天空，路上行人依舊各自前往他們的目的地，我站在陽台沒有目的地胡思亂想，遠方偶爾傳來救護車漸層式的警笛聲，城市灰頭土臉的擁擠著，蘇菲遞給我咖啡，然後自己將拉環拉開，喝了一半後大口呼吸了一下，一副了然的表情，紮起的馬尾隨著風擺動。

「那天的傷還好嗎？」蘇菲在一個月後才問起我的傷，這也是一個月後第一次跟她這麼接近的聊天。

「還好，死不了，不過妳現在才問也太晚了吧。」我開玩笑地說，腹部的瘀傷還隱隱作疼。

「抱歉。」蘇菲滿臉歉意，她今天戴上黑框眼鏡，一身俐落的套裝。

聽到蘇菲道歉我突然覺得不自在。「我開玩笑的啦，沒什麼好道歉的。」

「謝謝你，回來以後一直沒機會對你說聲謝謝，那天是我太任性了，我要向你道歉，也要對你說聲謝謝。」蘇菲視線仍倔強的望著遠處，我想她心底還是存在的那股不低頭的傲氣吧。

「不，是我多管閒事，本來沒想要進去那間 PUB，但不知道為什麼，或許是想搞清楚事實和真相吧。」

「樹你真的太過於嚴格了，放鬆點。」

我沉默。

「其實，事實和真相是不一樣的喔，他們就像船首和船尾。」

「船？」

蘇菲點點頭，紮起來的馬尾也跟著上下飄搖。「是啊，船，這是我在一本書上看到的，就像你可能已經知道事實了，例如我和那女人所說的故事都是事實，但是要找出真相就是必須從船首走到船尾，事情越複雜這艘船就越龐大，有的人窮極一輩子都走不到船尾呢，有的人則認為已經沒必要走到船尾了，我大概是後者吧。」

我心想，**原來，我這一生大概都只是站在船首向船尾用力眺望而已吧。**

「就像妳說的，我真的太過嚴格了，對自己、對周遭的人事物，沒有一個立足點或是合理的懷疑，我好像就沒辦法生存，有時候真的讓自己喘不過氣來，但也沒辦法改變。」我說。

「我也是，只是你真的比較嚴重。」蘇菲挖苦地說。「所以，有時候我真想當個笨蛋，把對不起常常掛在嘴邊然後楚楚可憐的笨蛋，不然做人太累了呀。」她轉過身用背靠著欄杆。

「我是笨蛋啊，但我做人也還是很累。」我說。

「不，那種笨跟你這種笨不一樣。」

我搖搖頭苦笑。「妳還真的罵人不帶髒字。」

「這是我的強項。」蘇菲點菸的動作我一直都覺得很帥氣。

「那到底是哪種笨蛋？」

蘇菲深呼吸一口氣，然後用懷念的眼光投向灰濛的城市。

「有一次在紐約地鐵站跟 Kent 吵架，我拗著脾氣頭也不回走進滿滿是人群的地鐵站裡，那時正值上班時間，我像沒有根的浮萍飄蕩在不知方向的場合裡，茫然、疲憊、心寒然後肩上的包包又被擠掉，我蹲低身子慌忙的找，人像是快速移動卻面無表情的樹林推擠著我。

「雖然只是尋常地鐵站，我天天都要搭的喔，但那一瞬間我卻迷失了，好像跑到了完全陌生的世界，人啊，只要腰彎得比大部分的人低就能看見不一樣的事物喔，我又害怕又狼狽簡直像小孩子一般蹲在地上動彈不得，就快要哭的那一刻，Kent 提著我的包包出現在我面前，我抬頭望著他，那種感覺就像小時候望著慈祥的父親那樣，充滿溫柔的力量，他用力牽起我的手並且罵了我一句：**妳是笨蛋嗎？**

「頓時我傻住了，從小到大從沒人罵過我笨蛋，總是捧著我寵著我像個公主似的，長大以後出來工作我知道大家也都讓著我，以我的能力雖然有過挫折，但也絕不會被人罵笨蛋過，但是，那一刻我從來沒想過原來我多麼想要聽到這句話，『對，我是笨蛋。』我在心底這樣大聲的喊喔，我望著他高大的背影然後不經意的笑了，而且從來沒有這麼開心過。」

蘇菲像在緬懷過往般吸吐了一口薄荷煙霧。慈祥的父親？我在心底問了一聲。

「我可以問一個問題嗎？」

「你說。」

「妳還愛著 Kent 嗎？」

蘇菲沉思了一下，然後搖搖頭。

「這已經不是愛不愛的問題，而是現在是否可以過得更好的問題。」

我點點頭。「嗯，我想也是，能過得好的話，幹嘛要去談愛或不愛。」

「Totally agree！」蘇菲笑了。我也跟著輕鬆起來。

「那，妳現在過得好嗎？」

「當然好啊。」蘇菲伸了伸懶腰。「因為我有樹在旁邊陪著啊，有樹在就很安心。」

語畢，我沉默了，張著眼望向蘇菲。

「哈，你是笨蛋嗎？我開玩笑的。」蘇菲笑著說，但仍掩飾不了臉上的尷尬。

「那你呢？你的青春進行曲如何了？」她換了話題。

「什麼青春進行曲啊。」

「少來喔，那個十八歲呀。」

我無奈的搖搖頭，也不打算做反抗去解釋什麼了。「應該離開了吧，反正我的人生就是在等待身邊的人離開。」

「這樣啊，好灰色的樹喔。」

「是啊，就像被鋪上厚厚灰塵的行道樹。」

「有時候，兩個人的關係走到了一個地方而分開，那並不是誰辜負了誰，誰不愛誰了，只是時候到了自然分離，就是這麼簡單喔。」

「妳倒很坦然。」

我想起未婚妻、想起愛狗的女孩甚至想起柴犬和那晚的大雷雨，但我最捨不得的還是芊嫙。即便光彩四射的蘇菲在身邊，我心中唯一有確定感的還是芊嫙，這使我感到不可思議。

「我只是比較會講大道理啦。」蘇菲將咖啡喝了一大口，突然的沉默一下。「**如果我想去的地方是兩個人無法到達的，那我寧願一個人走下去，其實這才是**

我現在所想的，耗費了太多心力在情感上面會使人老喔，但人又不得不老，既然要老那倒不如快樂點。」

「人活在世上如果不快樂，是一種罪。村上龍說的。」我說。很應付式的說法。

「樹，我問你喔，如果有機會，我說如果有機會的話，你願不願意跟我去美國？」

「美國？為什麼要去美國？」

「我爸爸在美國那邊的公司需要人手幫忙，也許，我可能會回美國，而我滿欣賞你做事的方式，所以，詢問你的意見，當然，你沒有一定要現在回答我。」

「我可能還沒辦法想這麼遠，可是我會好好考慮的。」

「樹，都三十幾歲了，好好的考慮一下自己的人生囉。」蘇菲說，完全是長官級的口氣。

「是的，特助。」

「還有，私底下不准你再叫我特助。」

我點點頭笑著。

「Salud！」蘇菲說。

「Salud！」我說。

我們舉起手中咖啡乾杯，蘇菲的眼神卻更沉了一點，然後我們各自無語的望向遠處，但視線卻沒有集中在任何一點，我不快樂，其實這點我很明白的，同時我也能感受蘇菲那總是降半格的心情，她也不快樂，我們只是開始習慣性的互舔傷口，但並未對彼此有進一步的了解，我無法回應她若有似無的期待，也無法向她坦白什麼樣的情感，因為我根本不了解自己內心到底在躊躇著什麼，我只知道保持平行不越軌是我現今唯一能做的。

在某個水平線上我也能感受到蘇菲的不安，不管我是否猜對，我想蘇菲是需要被愛的，而且那樣的被愛是我永遠無法給她的，那個晚上的吻，並不是將我們兩個人從此緊緊綁在一起，反而是變成一堵無形的牆隔絕著我們，是不是有時候愛情是這個樣子的呢？還是我想太多了呢？我偷偷的瞥向蘇菲，那側臉就像電影即將結束的鏡頭一般越拉越遠也越模糊了。

□

從十一月初到十二月底之間來了兩個颱風，三則滿轟動的自殺新聞還有數不清的明星緋聞，盯著花花綠綠的螢幕，我感覺大家好像都在關心除了自己之外的事情，也許人類從來就無法擺脫群居動物的習性，但雖然如此，人終究還是無法完全了解他人，不是因為了解不夠透徹，而是我們本來就是極其自我但又非常容易寂寞的動物。

為什麼突然要提這個呢？因為這兩個月發生了幾件事，當然，是除了自己之外的事情，事情本身其實都跟自己的身體以及周遭環境變化毫無關係，但卻影響了我好一陣子，一切都是心理作祟，人生就是這樣，許多擁有份量的事物都會集中在一段時間內發生，讓你措手不及。

未婚妻在第一個颱風來臨之前的下午突然來電說想要見面聊聊，颱風前一天的黃昏景象總是萬千迷人，玫瑰色天空裡的雲像海波浪一樣流動，接近傍晚的時候城市就被深紫色給渲染，四處都染透了，是在那天空底下的人們應該都覺得今天即將有事發生的那種紫色，至少我這麼認為而且也發生了，我在101大樓的88樓訂了高級餐廳，或許是帶著點些許復仇意味，以那種『沒有妳我能過得更好』的心態去應對，電視上常常演出這種幼稚戲碼，而今晚的我卻是自導自演。

「過得還好嗎？」我問未婚妻。

「還可以，你呢？」

「還可以。」我說。

我們以無聊的對白開頭，背景音樂正播放著爵士鋼琴曲，窗外的台北市就像銀河一般，風很強，坐在窗邊能不時聽見風刮過的聲音，久久望著底下的銀河會覺得那好像是假的，就像壯觀的建築模型開起燈那樣。未婚妻似乎比以前還要會化妝了，穿著也顯得貴氣，歲月沒有留下不好的痕跡而好像幫助她變得更美那樣，我心底有點小小的不甘心。

「都三年了，怎麼會突然想要找我？」

我切下最後一塊奶油鮭魚送入口中，中間有一大段的時間都處於沉默狀態，未婚妻沒怎麼吃餐點，好像這家餐廳她已經吃膩了那樣。

未婚妻稍微歪了一下頭，然後搖晃了一下酒杯，深邃的眼眸令我覺得不舒服，因為那已經不屬於我了。

「不曉得，或許是覺得時間到達了一個階段吧，往前推一點找你會覺得太早，往後又覺得沒必要再找你了，而今天的時間剛剛好。」

「我倒覺得沒必要了。」

我脫口而出，然後窒息感就介入我們之間，我又來了！我在心底罵自己。

「樹，有時候你真的太嚴格了。」未婚妻說。嚴格？最近全世界都在說我嚴格。

「喂喂，被拋棄的人可是我呀，嚴格一點是我的權利吧。」

未婚妻喝了一口香檳然後沉思一下。「這幾年我常在想，我是不是該道歉，但，我卻完全找不到道歉的理由，一直到今天也都還沒找到，我是曾經這樣愛著你的，使出我生命中的力氣，但，那已經完全耗盡了，完全喔，真的，就像躺在雪地裡已經燒盡的灰。

「跟你在一起的那幾年，我能感覺到你的變化，不是說你變很多喔，而是，**我覺得你的變化就是你永遠不會變**，我只是一步步地更了解你了，越是了解你我就越感到可怕，不過請你不要誤會，那種可怕並不是說你不好，而是相對地來說，我們兩個人的相處已經是走在刀尖上那樣可怕了，所以分開是完全正確的，你懂嗎？」

「雖然我不太懂妳說的，但，我想妳可以不用解釋想分開的原因，我還活得好好的，或許心裡有些損傷，但應該也是沒有什麼大礙，所以我想有很多東西是沒必要解釋的。」

「樹，你不會的，**你不會受到損傷。**」未婚妻笑著搖搖頭，然後往窗外瞥了一會兒再把視線慢慢放回我身上。「你還記得當初你突然從台灣跑到香港來找我時對我說的話嗎？」

「不記得。」我有點生氣，為什麼我就不會受到損傷呢？為什麼她可以輕易的說出這種話。

「你說，假設另外一個星球上有一對完美的我和你，你也寧願不要，你要現在當下不完美的我們，心中都有缺憾的我們，最後我發現你真的實現你說的話，一直到分開之前我改變了許多，但你仍然是你，我是努力的想要將不完美的我們盡量推近到完美，而你卻像石頭一般完全不動喔。說你不會受到損傷並不是說你太冷酷太刻薄之類的，而是你擁有強大的自我防衛機制使然喔。

「分開後其實我滿羨慕你的，我無法像你這般堅強，所以我經常傷痕累累吧，我今天不是要來道歉、也不是要來算帳、更不是要來展現我過得有多好，而是來跟一個我曾經深愛過的老朋友自白，或許有些話會讓你誤解，但我也希望你能夠相信我說的都是真心話，就像我也希望你能夠相信我曾經愛過你。」

一口氣說完這些話的未婚妻好像解脫一般向後靠躺在椅背上，服務生將我的奶油鮭魚和她的松露豬排收走然後換上甜點，此刻只剩下背景音樂的鋼琴聲和窗外的風聲，我注視著杯裡的金黃色液體良久，不斷的思考未婚妻說的話然後努力的想要回話但嘴巴卻張不開，我深受打擊，雖然不甘心，但她的確完全看穿我。

如此坦白又殘忍的自白讓我像是裸體一般感到慌張，那堵槍管又浮現了正刺著我的背部，耳邊彷彿有人對我說：**嘿！往前走啊，停下來是不允許的，會被殺喔！**我幾乎就要冒出汗水來了，我的拳眼搭在鼻下做著沉思動作，就那樣固定下來像化石一般動也不動，我該回她什麼呢，接下來要做什麼呢？我又開始問自己。

「我想要問妳一件事。」

「任何事都可以。」

「我真的很自私嗎？」

未婚妻點點頭。「樹，但那並不是不好喔，這是你的特質，只是不適合我罷了，那跟我愛不愛你沒有關係喔，所以我才會說其實我一直都是愛著你的，只是不知道該如何表達，或許就像某個法國作家所說的：離開了巴黎，我就真的能書寫巴黎了，這樣的感覺。**離開了你，才能表達其實我一直都是愛著你的**，這跟能不能廝守終生是兩回事，這樣說你能了解嗎？」

「那，是什麼時候，妳開始覺得不行了呢？」我注視著放在餐桌上自己的手指，有點可笑。

「樹，放過自己吧。」未婚妻將手伸了過來握住我的手背，我想她感受到我的手背微微顫抖。「我們已經身處在不同的世界裡了，那並不是哪個時間點開始，也並不是由於某種原因然後不行了，一切都是長久慢慢累積而來的，只是在選擇適當時間做動作而已。」

我將手慢慢抽離未婚妻，手背上還殘留她的溫度和潤澤感。

「你妹妹曾經離家出走到我那邊住過兩晚，這件事你知道嗎？」

我驚訝地瞪大了眼望著未婚妻，我已經大半年沒有回家，這件事完全不知情也實屬正常，但我不曉得原來妹妹跟未婚妻私底下還有聯絡。

「我不知道，為什麼她要離家出走？」

「大概是前幾個星期，你那時候應該是到上海出差吧，那麼我想你應該也不知道她跟她交往五年的男友分手這件事吧。」

我搖搖頭。「我有一段時間沒回家了。」我很訝異，印象中妹妹和她男友極為穩定，今年夏天還一起去峇里島度假。

「你看吧，你就是這個樣子，跟你在一起時我也曾消失過喔，可是你總是不聞不問的，算了，我不想談往事。」未婚妻向後靠躺在椅背上。「會讓她離家出走並不是因為分手這件事，他們分得很理性，是雙方都同意下的結果，真正原因是你父親在她正難過的時候講了很多不堪入耳的話，什麼被睡假的啦，自己愛玩不想定下來所以被拋棄等等，我自己聽了也覺得不能接受的話語，就算是酒醉我想也太誇張了點，總之她當時真是又受傷又脆弱。」

「很像我爸會說的話，他是個爛人。」我冷冷地說，只要談到父親我都是一貫的態度。

「那個暫且不談，我知道你家裡的一些問題，我也不想介入，重點是接下來她跟我聊到了你，她其實不想讓你知道這些事，她一直知道你恨父親從小就對你暴力相向，那樣的恨改變你很多，這點我也大致上認同，你可能會覺得我不懂，因為我的家庭正常平凡並沒有什麼太激烈的過往。

「但我想說的是，從小的暴力事件讓你產生過度防衛心理然後潛移默化地改變了你的人格，**要是無法原諒你父親的話就等於無法原諒你自己**，也無法放過你自己，你妹妹很早之前就知道這點了，只是她擔心跟你說這些，依你的個性會抗拒和排斥，那個晚上其實我感覺到與其是妹妹她自己難過，倒不如說是因為擔心你這個哥哥而難過，我這麼說不曉得你能不能接受。」

「坦白說我不能接受，從小我們都活在他的陰影之下，我們一再地縱容他然後一再地失望，我們都只是自己騙自己勉強承認這個不像家的家，父親不曾對這個家負過什麼責任，整天只會喝酒，喝酒回來就是鬧事，從以前我們就不敢多要求什麼，家裡的經濟他也從來沒有扛過全責，我的成長回憶除了暴力還是暴力，為什麼我要原諒這樣的一個人呢？就因為他是我爸爸嗎？」我顯得有些激動，大概是又想起父親喝醉酒的邋遢模樣。

「樹，要不要選擇原諒完全是你的自由意志，沒有人可以左右你，而且原諒這回事也不是嘴巴上說：我原諒你，這樣就能夠放下的，那是必須完完全全接納才行，就像大海接納所有河川並且變成自身的一部分才行喔，而一個人心中有了仇恨就會一直想要逃避，那將會遮掩住他的雙眼以及綑綁他的全身，會動彈不得一直到死喔，這樣的逃避是永遠也逃不完的，我想你妹妹不想要見到你這個樣子，我也是。」

我閉上眼深深的吸吐一口氣緩和混亂的思緒。

「對不起，我上個洗手間。」我說。

未婚妻看了看手腕上高貴的手錶。「等一下，給我幾分鐘。」

「什麼？」我不懂她的意思。

她站了起來坐到我的旁邊，薰衣草香味柔軟的化開我緊繃的身體，她伸出手抱住我，頭伸到了我的頸後，好熟悉的力道和擁抱感，熟悉的背部曲線、肩膀、腰部和身體的厚度，我也用同樣熟悉的力道抱住她，人真是奇怪，為什麼總是能記住這種虛無的感覺呢？氣味、動作、溫度等等，我突然覺得好累，當下我真不想放開手了。

「樹，我心疼你，一直都是的，希望我們永遠都是朋友，然後，也別恨我好嗎？」她在我耳邊說著。

「我要你知道我有這份心意，這也是我今天找你的主因吧，人啊，有時候真的很累很寂寞的，熟悉的事物越來越少，失去的越來越多，就像指間的細沙一樣完全留不住，樹，別恨我好嗎？全世界我最怕你恨我了，好嗎？」

我無聲的擁抱著她，雖然心臟如此貼近，但我知道未婚妻即將再次遠離我的世界，她就像蘇菲一樣的遙遠，我點點頭，這是此刻我唯一能為她做的事吧。

未婚妻結束擁抱向後慢慢離開我的身體，雙手拍拍我的肩。

「去吧，不是要去洗手間？手擦乾再出來喔，你每次都雙手溼溼的就出來。」

未婚妻的習慣性口頭叮嚀，真是好久沒聽見了。

我在洗手間裡待了好一陣子，雙手捧著水不斷往自己的臉上潑，我感到有點無奈徬徨也有點對自己生氣，她是這樣誠實坦白的對我敞開心懷呀，這次或許是最後一次見面了，我卻還是築著高牆站在牆後堅守著，我到底在堅守著什麼呢？走回位置上的時候，未婚妻已經消失了，桌上的白色餐巾紙上寫有幾個字，我的雙手擦得乾乾淨淨沒有任何一滴水。

樹：

我老公來載我了，先走一步，下面是我新的電話號碼，有任何事情想聊，just call me，真的很高興今天跟你見面。帳單我付了，原諒我的任性。

你永遠的曼蒂摩爾

她又再一次從我生命中離開。

我嘆了口氣在位置上坐下來，直楞楞的望著窗外的夜景，將香檳一口氣喝乾後把餐桌上的紙撕下就離開餐廳。我沿著仁愛路的林蔭大道往國父紀念館方向走去，既不想回家也不想去任何地方，只是想漫無目的地走，夜晚十點半，人行道上有幾對夫妻檔騎著 Dahon 腳踏車聊著天、有黑人戴著耳機在慢跑、有情侶坐在機車上接吻，周圍景物的動作似乎都緩慢下來，橘黃色的燈光從樟樹、榕樹以及木棉樹的葉叢中以碎片的方式散落，我吸一口台北特有的味道然後菸癮就爬上心頭，我在靠近圓環附近的人行道座椅上坐下來點菸，車陣在圓環裡繞著圈，彷彿走不出這個圈子似的一直繞著而發出如海浪拍打防波堤時的聲音。

我在想，要是芊嬿在的話她會說些什麼呢？她從來都沒有恨過她的家人吧，即使她是這樣的被對待她也從來不怨懟，所以真的什麼事都得原諒或是被原諒嗎？家暴、語言暴力、陰影等這些東西就該我們承受嗎？既然討厭小孩那為什麼當初要生下我們呢？

『其實很愛你，只是不曉得該如何表達。』耳畔又迴響起這句話。

我真的很想逃，恨不得立刻拔腿逃跑，跑到一個沒有人認識我的地方重新生活，我終於能夠了解芊嬿把「逃」當作她的夢想那種心情了，感覺腦袋已經無法負荷脹得疼，他們要原諒要容忍就讓他們去吧，一切的一切全都丟進無聲的大海裡吧。

我試著回想那年十五歲離家出走的自己，一個人騎著腳踏車到海岸邊晃蕩，晚上就住在海邊廢棄的貨櫃屋裡，我得到了前所未有的放鬆，一個人望著異常多星星的天空然後什麼也不想，我跟暗夜的海濤聲對話，我一直猛力的丟石頭到海裡，在防波堤上不斷的來回奔跑。

我想起來了，大概就是從那個時候開始我不再哭泣，隔天回到家時又被父親狠狠揍了一頓，但我不再哭泣，代替的是冷漠的表情和態度，我想未婚妻是錯的，我並沒有想像中那麼堅強，不過我想未婚妻也是對的，**心中有了仇恨就會想要逃，這樣的逃避是永遠逃不完的**，帶著仇恨到哪裡應該都一樣吧，那我應該怎麼辦呢？原本認為只要普普通通的活下去，事情就會順利的發展，或許不至於順利但至少不會卡住，槍管頂著我的背繼續走，現在前方卻出現障礙物，到底是要往前走還是乾脆回頭被射一槍？我連原諒兩個字都不曉得怎麼寫了。

此時，久久未響過的電話又再度響起，我以為是未婚妻，結果對方的聲音是個男生而且聽起來感覺很年輕，他叫小皓，小皓？我好像在哪裡聽過這個名字。

「不好意思，樹大哥，這麼晚還打擾您。」他的電話禮節相當好。

「有什麼事嗎？」我問。

「芊嫙受了很嚴重的傷。」小皓的聲息變得有點哽咽，我的心臟被這句話震得有點無法呼吸，回過頭來想，接下來發生的事情讓我好像過著另外一個人的人生，喔不，那的確是另一個人了。

之八／我們在一起就夠了不是嗎？

芊嬿在我剛回到台灣兩天左右在她家的巷子口受傷，那天芊嬿的母親帶著水果刀準備要開車去芊嬿父親外遇的女人家，在這之前聽小皓說芊嬿父親已經打算搬去跟外遇對象同住，所以導致她母親發狂，芊嬿為了阻止悲劇發生而去擋住她母親不讓她離開。

但真正的悲劇卻發生了，芊嬿身上的斜肩包被車門夾住人被拖行了將近五、六百公尺，根據當時路人的口供，車子的時速起碼也有五、六十公里，芊嬿的背部和右側部都受到了大面積的擦傷，這個事件還上了當天的社會新聞，當然，這樣的新聞很快被人給遺忘，我也沒有注意到這件事，這社會上有太多類似的案件發生了。

芊嬿的後腦因為撞擊到路旁的人行道台階而陷入昏迷，送到醫院時被診斷出有腦溢血所以動了小手術將積血用吸的方式取出，原以為取出後會恢復正常，但芊嬿卻持續昏迷了整整二十一天，醫生們都認為芊嬿有可能因為撞擊力道過大而變成植物人，但就在幾天前芊嬿奇蹟式的甦醒過來……

「但她什麼都不記得了，說話也有點問題。」小皓說，隔天我們約在一個咖啡店碰面，小皓看起來跟芊璇描述的很像，一個典型的高中資優生，長相斯文，講話也比一般高中生要有條理得多。

「什麼都不記得了是指？」

「失憶，她什麼都記不起來，連她自己的母親都記不得了，這一個多月內我只去看過芊璇三次，每次都是偷偷去的，而且她都在昏迷狀態，因為我媽媽限制我不准去看芊璇，所以詳細的狀況我也不太清楚，大部分是聽社工阿姨告訴我的，由於這次的事件是有關於家庭暴力，所以社會局有介入她的家庭，負責芊璇案件的社工阿姨已經聲請保護令，禁止芊璇媽媽跟芊璇見面。

「但由於芊璇因傷而失憶，對於過往被暴力相向的事情一概都不記得了，情況有點特殊，再加上芊璇已十八歲算是不需要法定代理人的年紀，所以保護令也不能單方面靠社工去聲請，必須靠一些證人以及證據。」小皓娓娓道來，說話語氣非常成熟。

我感到很心痛，胸腔內一直不斷有熱氣在翻騰，我無法想像芊璇被拖在馬路上痛苦的畫面，我很後悔為什麼不早一點打電話給芊璇，早一點幫芊璇的忙，如果能早一點……我想著，但還是必須克制自己激動的情緒。

「所以，你是希望我幫忙嗎？」我鎮定地說，但心中早已決定幫到底。

小皓點點頭。「是的，這也是社工阿姨的建議，至少要找一個熟悉的人，因為我不能再去見芊嫙了，明年要聯考了壓力好大，要是考不好的話我會被爸媽給殺了，所以我想到了您。

「芊嫙一直有提過樹大哥您的事情，芊嫙也一直都很相信您，每次她提到您都會笑得很開心，我很喜歡看芊嫙笑，可是我卻無法帶給她快樂，爸爸媽媽對我寄望很深，我不能讓他們失望，他們花了好多錢讓我進補習班，我不能讓他們失望。」小皓連說了兩次我不能讓他們失望，父母對他的影響深度可見一斑。

「我知道了，我會盡我的力量去幫她的，只是我要怎麼做呢？」

「詳細我也不太清楚，我給你社工阿姨的電話吧。」小皓將電話抄在他隨身的小筆記本裡並且撕下一張給我。

「對了，我要怎麼自我介紹，你和芊嫙有沒有共通的朋友，最好是年長一點的，這樣可能就不太會露出破綻。」我突然想到我跟芊嫙也只不過是淡薄之交，這樣一個三十幾歲的男人突然去找她恐怕會被懷疑。

「這我倒沒想過。」小皓沉思。

然後我們花了一大段時間找尋小皓與芊嫙共同圈裡的朋友，並且模擬怎麼跟社工阿姨打交道，最後決定用小皓的理科家教老師為名義去找社工，因為芊嫙到小皓家裡也常跟這個家教老師有過接觸，彼此都很熟悉。

「唉，我都不曉得芊嫙的家庭是這樣，也不知道芊嫙從小就受到暴力威脅，好可怕。」小皓嘆口氣。

「怎麼可能，芊嫙從來沒有跟你說過她家人的狀況嗎？」我驚訝的說。

小皓點點頭。「我們幾乎不聊家人的事情，這次的事件也都是在她昏迷時，社工阿姨告訴我的。」

芊嫙對她所愛的人也從不提家人的事，但是卻都誠實的對我說了。

「樹大哥真對不起，芊嫙她就交給你了。」聊完後小皓彎腰向我行鞠躬禮。

「不要這樣，這不是在演日劇。」我連忙將他扶起，覺得這孩子好天真。「芊嫙也有提到小皓你，她很愛你的，請你要有信心，等聯考完再回來找芊嫙吧，這段時間你先以升學為重吧。」

「不，我知道我跟芊嫙不可能了，而且她也不記得我了吧，我現在只是想盡量幫她，而且爸媽有可能會讓我出國留學，所以這樣一來就更不可能跟芊嬙再碰面了。」小皓幾乎就快要哭出來。對於他的認真我突然感到有些可笑，這就是十八歲的戀愛吧我想。

「小皓，你們都還年輕，未來的路還長呢，不要這麼悲觀。」

「總之，就拜託您了。」小皓又向我深深鞠躬後快步離開咖啡廳，望著他的背影，我也想起當初逃開學妹告白的我，我沒有自信面對愛情，那是因為父親的影響讓我極度缺乏自信，但小皓呢？他擁有美滿的家庭、優渥的環境，這樣的他還是逃開了愛情往體制漩渦裡撲去，還是小皓從來就沒愛過芊嬙呢？十八歲呀，我搖搖頭責怪自己想太多了，不過，我又再度思考而且很快得到一個結論……

我相信芊嬙。

不管她是多麼的錯誤，不管她母親、小皓以及這世界是多麼正確，我還是相信她，就像斷崖選擇了瀑布、就像藍天選擇了白雲、就像河川選擇了大海，那樣自然那樣純粹。

□

我跟社工見面那一天是十二月底的某個星期天，雨不停的下更加強寒流的冷冽感，從聯合醫院六樓門廳落地窗望出去，路上行人感覺都畏畏縮縮的咒罵著天氣，城市的車流在柏油路面上不斷發出刷刷聲，我的心情很緊繃。

這幾天我不斷想該怎麼跟芊嬑說話，因為我跟她的關係是如此薄弱，她一定完完全全忘了我，那我是否要變成另一個角色呢？她會不會排斥我？但是聽說失憶的人會對過往喜惡的人事物有本能性的反應，那芊嬑會對我產生好感嗎？一堆的問題在我腦海裡糾結時，一個熟悉的聲音將我的悠長思緒打破，她是社工，也是曾經在上海碰過面被蘇菲稱為騙子的人——雅姐。

「雅……雅姐！」我驚訝得說不出話來，腦神經急速的旋轉，我跟小皓辛苦的角色扮演完全白費。

「樹，你就是芊嬑的家教老師？」雅姐手中懷抱著筆記本臉上充滿疑問。

「不……我……」我支吾其詞。

「我們到那邊談一下。」雅姐領著我到交誼廳，這裡沒有半個人，灰白色的光線從窗戶穿透進來，令人發寒。

「樹，我想你最好坦白解釋清楚，不然，我以社工人員的身分恐怕無法讓你跟芊嫙見面，我急需要一些有力的證詞來聲請保護令，可是偏偏芊嫙的朋友真的不多，男朋友也因為家庭壓力而不能出面，我現在正想以芊嫙是身心障礙人士的方法來說服檢察官，如果你不能幫上忙的話，我不希望讓芊嫙跟你見面，因為失憶的關係，芊嫙現在很害怕面對陌生人，我也好不容易才得到她一點點信任，所以，請你老實說吧，芊嫙跟你是什麼關係？」

我又開始警戒起來，眼前的這位說話有條有理的美麗女人正是蘇菲心中邪惡的巫婆，怎麼會這麼剛好是芊嫙的社工，我該用怎樣的心情來面對她呢？是胡謅一番打發掉雅姐就好，還是全部誠實相告呢？就算誠實，我又要怎麼描述芊嫙在我心中的情感，三十三歲單身男子和十八歲失憶少女，真是難以教人相信的組合，再加上如果雅姐有如蘇菲講的那樣精明，我豈不馬上就被推下無底洞了，我一直思考著，雅姐此時也發現我的躊躇。

「樹，我知道你可能因為蘇菲而不相信我，但我這個人公私分明，現在是談公事，我不希望把私事牽扯進來，芊嫙現在的狀況並不是很好，既然你已經來到這裡我相信你也想要幫忙，所以我希望你能誠實。」雅姐這番說詞讓我稍微放心，但我仍然緊繃著。

「雅姐，我……其實跟芊嬣只見過三次面，可能連朋友都還稱不上。」我打算誠實的說出來，我相信芊嬣也會希望我這樣做吧。

雅姐點點頭。「上過床了嗎？」

我嚇了一跳。「不，怎麼可能！」

「那就好。」雅姐鬆口氣。「現在年輕人的關係很複雜，什麼事都有可能，而他們的複雜也是建立在他們的單純之下，這社會變遷太快了呀，脆弱的心趕不上改變的速度，不過我相信你的，樹，你說沒有就是沒有，沒有這種關係的前提下，事情會比較單純一點。」

我一五一十的把芊嬣跟我相遇的經過說出來，不過並沒有提我的過去，也不想提。「總之，芊嬣對我來說是很重要的人。」我說出了這句話，這句還以為沒有機會再說的話。

「嗯……」雅姐托著腮思考一會兒。「雖然我不太了解這是什麼樣的情感，但基本上我是相信你的，因為你所說芊嬣的事，基本上跟我訪察他們鄰居以及親友所描述的很像。」

「那滿奇怪的，為什麼沒有任何人出來說清楚呢？芊嬣其他親友也應該可以暫時當她的法定代理人，為她處理相關的事情吧。」

「話是這樣說沒錯，樹，不過……」雅姐嘆了口氣。「很可惜的並沒有這麼理想，芊嫙在出事後可以說是就像孤兒一樣被拋棄了，鄰居們認為這是家務事不願出面，芊嫙父親也已經跟外遇對象到國外去了，而她母親是在服裝界還算小有名氣的人，家族成員也都是在社會上有頭有臉的人物，發生這麼丟臉的事情沒有人願意站出來，而且還動用一些關係將新聞報導壓下來，盡量都冷調來處理，所以變得越來越棘手。」

「我還以為芊嫙的家境很不好。」我也嘆了口氣。

「這是一種迷思，大家都認為家庭暴力發生在低收入戶或是低教育程度的家庭，可是並不是喔，通常施暴者都是有良好教育並且環境條件優良的人，我遇過的就有醫師、律師還有政治家喔。他們其實在社會上都是感覺善解人意、態度良好的人，可是私底下卻完全不一樣。

「施暴通常是對情緒壓力的一種轉移發洩，她母親就是典型對自己感情方面很自卑進而發洩在女兒身上的個案，但是包括警察、輔導人員以及檢察官處理起來都很被動，再加上她母親一直要求把芊嫙接回去，這讓我十分頭大，通常有家暴發生後都是持續很久一段時間的，除非施暴者願意接受心理諮詢，不然芊嫙回去一定又會被暴力對待。」

我感到無奈也很難過，讓我想起小時候的事情，家庭暴力的確都是在檯面下發生的，是種隱藏性、悶痛性、不可告人的行為，通常只能選擇接受、選擇逃離，不然實在別無他法，雖然現今社會中已經有社工人員會主動介入，但家暴還是無處不在，而且沒有被通報的數字比檯面上要多好幾倍。

「我，想見見芊嫙，可以見她嗎？」

「嗯，是可以，但我想先讓你了解一下芊嫙失憶的狀況，然後，你再決定是否要見她，好嗎？」雅姐走到飲水機旁倒了兩杯水過來，並且將手邊厚重的工作筆記本打開刷刷地翻著。

「妳連芊嫙的病情狀況都這麼了解啊？」

「當然，這是我的工作啊。」雅姐用認真的語氣說著，我突然覺得她並沒有像蘇菲說的那樣惡毒。「你對記憶這東西了解嗎？」

「喔，不，完全不懂。」

「好，那我大概描述一下醫生所講的東西，對這個案子我太過於用功了，真不曉得哪來的勁。」雅姐看著筆記本沉默一下然後開始說：「記憶分為短期和長期記憶，分別在大腦的不同區域裡並且中間有一些神經連結，正常來說我們都能把短期記憶轉化為長期記憶並保留下來以供未來使用，而失憶分為兩大類，第一種是患者想不起過去的事情，而且越近期的事情影響越大。

「例如患者可能想不起車禍的事以及在事故之前半年到一年甚至更久遠的事都想不起來，但是仍然有將新的記憶轉化為長期記憶的能力，如果復健得宜，那麼過去的記憶也會慢慢的恢復，而第二種就是無法將短期記憶轉化為長期記憶，例如你現在認識了我，隔天你再見我的時候就會完全不記得，有的人是維持半年，有的人最短幾乎半天就忘了，有看過『我的失憶女友』那部片嗎？」

「好像有一點印象，女主角隔天就完全忘記所有的事，每天都有如新生。」

「沒錯，所以有個作家是這麼說的：我生於明日，活在今日，死於昨日。」

「死於昨日……那……芊嫙是哪一種失憶？」我擔心的問。

「醫生暫定判斷為第一種，她還記得自己是誰，只是喪失記憶的時間似乎稍微長了一點，估記她現在只記得十歲以前發生的事情，而且芊嫙的腦袋針對短期記憶轉化為長期記憶的能力也有受損，正在恢復中，還記得當初剛接觸她的時候，她花了三天時間才將我記住，這是不幸中的大幸，要是她的失憶狀況是第二種的話將會更麻煩。」

「十歲以前……」我喃喃地說，芊嬿真的完全忘記我了嗎？雖然這是既成事實，但心中還是感到有些難受，我該如何面對她呢？

「另外還有一點要提醒的，芊嬿完全的把她母親忘了，一般來說應該是要記得的，醫生對這點也不明白，當初她母親親怒沖沖地來找她的時候，芊嬿認不出她而且一直在我的懷裡發抖，好像狗很本能性的感覺到不祥人物靠近而哀吠那樣，心理醫生說這有可能是心理創傷的失憶症，已經跟外傷沒有什麼關聯，所以還要再觀察看看。

「然而失憶加上過度驚嚇造成她有一點語言障礙，芊嬿現在只能靠直覺並不能用交談相處來判斷對方個性，想想也真是可憐，好好的女孩子變成這樣，所以我才想聲請保護令不讓她母親再靠近芊嬿，等一下她記不起你或是本能性想迴避你的時候，千萬不要逼她，要有耐心和愛心，不要再對她造成傷害，她現在可是一塊傷痕累累的璞玉啊。」

我雙手捂住臉深深的嘆了口氣，回想當初在療養院陪她哥哥時，芊嬿那個認真又純潔的笑容散發著眩目光采，沒想到短短的幾個月時間就有這麼大的變化，我感嘆人生的際遇是如此殘酷。

我抬起頭。「對了，她哥哥還好吧？如果他知道這件事對他打擊應該不小。」

「你也知道她有一個哥哥？」

「是啊，我還陪芊嫙去過療養院見過她哥哥。」我說。

「芊嫙還真信任你，連她的男友都不知道她哥哥這個人存在喔。」雅姐眼神一沉嘆了口氣。「她哥哥得知芊嫙受傷的事情後，發狂似的想要跑出療養院，當然，院方是不允許的，但她哥哥一直企圖的想要逃出療養院，最後在一個深夜裡她哥哥又要逃跑，在無人看顧的情況下從三樓往下跳……」雅姐說到這揉了揉太陽穴。

我啞口無言的望著雅姐。「阿森……」

「嗯，他過世了，接下來的事我並不清楚，因為我也沒有能力去插手，這樣的事不曉得為什麼很快的被處理掉了，就像利樂包一樣被壓得平平扁扁丟進焚化爐裡燒掉那樣隱密，很遺憾，這社會上就是有這種事件存在，芊嫙還記得哥哥，有時候會向我問起，我只能跟她說也許過幾天哥哥就會來看看芊嫙，請她有耐心的等待，等一下你千萬不要向芊嫙提起這件事，如果造成她情緒不穩就麻煩了，好嗎？」雅姐說，可是我沒辦法回答她。

坐在椅子上的我彎下腰雙手交握微微顫抖，冰冷的雨無情地拍打著窗戶，交誼廳裡沒有開燈，空氣中好像浮著灰色的哀傷，阿森的死訊就像刺骨的寒風讓我瑟縮著，我很難過，我想起阿森在療養院裡抓撓著手背害羞的表情，那午後的陽光灑下來，我靜靜陪著他照顧花圃的畫面，為什麼要讓這樣認真的人遭受到如此命運，老天爺就算不公平也要有個極限吧，為什麼她母親還可以逍遙在外面走動，甚至可以理直氣壯的要將芊嬑帶回家，發生這一切不都是她母親的錯嗎？越想我感到越憤怒。

「芊嬑她的母親呢？我去找她，叫她不要再糾纏著芊嬑，還是我們找警察。」我心跳很大聲，胸腔發熱。

雅姐搖搖頭。「沒有用的，樹，這是個法治社會，衝動只會將一切搞砸，我先安排時間跟檢察官聊聊，討論保護令聲請的可能性，這樣才是正常的方式。」

聽雅姐這樣說我才稍微冷靜，我點點頭，但是心情還是無法完全平復。「我可以見芊嬑嗎？」

「當然，如果你現在情緒已經冷靜下來的話。」

□

雅姐帶著我走進病房。這是一般的健保病房，用布簾隔成了四床空間，不過這間只住了三個人，很安靜，偶爾聽到輕微的交談聲之外，就只剩窗外的雨聲，芊嫙靜靜的躺在床上雙手交叉放在腹部，食指夾著含氧測量器，手背插著一根點滴針，我一見到她就馬上哽咽了。

芊嫙的情況比我想像中更嚴重，原本是長髮的她因為動了手術被剪得像小男孩似的，白色繃帶在頭部綑了一圈，左側臉頰貼著方形紗布，左手肘、手背、大腿側邊也都貼著或大或小的紗布，右小腿因為輕微骨折而用石膏固定著，沒有用紗布蓋上的地方也留有擦傷、刮傷的痕跡，簡直就像電影裡作戰受到嚴重傷害的士兵，我輕輕在芊嫙身旁的椅子坐下來並且將我的手掌覆蓋在芊嫙嬌小的手上，我注視著芊嫙的臉龐，這樣年輕的臉龐卻刻著被暴力對待的印痕，我心情壞透了，因為我什麼也不能做啊。

「幸好沒有被捲到車輪底下，也還好頸椎都沒有受傷，不然就更麻煩了。」雅姐站在我背後說。

我仍然保持沉默，雨聲也聽不見了，我輕撫著芊嫙的手，眼淚不知不覺從體內跑出來，連忍耐的機會都沒有，雅姐轉身望向窗外，我深呼吸幾口氣盡量調整自己的情緒，雅姐說先去幫忙處理一下事情離開了，可能她想讓我和芊嫙獨處吧，我的目光一直沒有離開芊嫙那惹人憐的臉龐，我將淚擦乾，情緒此刻雖然漸漸平復下來，可是卻又需要找出口宣洩，該做些什麼呢？芊嫙呼吸得很規律，長長的睫毛蓋在下眼瞼的皮膚上，於是我開始說話，也許她醒來後我們就無法正常談天，因為她完全忘記我了，所以，我本能性的開始說話，我想對著芊嫙講些什麼，趁現在還來得及，希望在夢中的她能聽見。

「芊嫙，我是樹大哥，我來看妳了。」我輕聲地說就像自言自語，雨不停的下。芊嫙沒有反應睡得很沉。

「我來看妳了，妳不要擔心，接下來我會一直陪在妳的身邊，即使妳忘記我了也沒有關係，請記得我在這裡就好。根據醫生說的，妳失憶了，可是我想這未嘗不是一件好事，希望妳能忘記過去的傷痛，我也曾想忘記許多令人難以忘卻的痛，可是卻沒有辦法，很多東西以時間的形式固化下來了，所以在某種程度上芊嫙妳算是幸運的喔。

「但是另一方面我不懂，為什麼老天爺要讓妳遭受這樣的苦難，明明妳是這樣的堅強這樣的認真活在這混亂的社會中，妳的勇氣比誰都還要強壯喔，請對自己有自信好嗎，一直以來妳總是沒什麼自信，活到現在，我其實還有許多事情無法釋懷，可是我總是在妳的身上看見了希望，然後默默的被妳給打動。」

我撫了幾下芊嫙的臉頰，光滑依舊，她仍然睡得很安穩一點也沒有被打擾的樣子。

「不曉得妳醒來後，在妳眼中的我是什麼模樣，**不管怎樣我都會扮演好妳希望的角色**，我想我決定了，請妳睡得安穩，醒來後一切都不必擔心，我會在妳身邊，雖然這句承諾是任誰都會說的，但我漸漸相信我們都是為了要在這世界上找尋確定感而活著的動物，這樣的確定感就是待在妳的身邊，這一瞬間我是這樣想的。」

說完後我感覺到非常疲倦，我握著芊嫙的手然後趴臥在床面上睡了，迷濛中，好像有人輕輕的撫了我頭髮幾下，我夢到了烏斯懷亞那紅白兩色的燈塔，四周圍繞著的山脈都覆蓋著一層皚雪，氣溫非常的低，方圓百里沒有任何人，我和芊嫙靜靜的站在那邊向南極洲方向望去，從口中呼出的氣變成白霧消散在大地之間，所有一切都失去了，這裡是世界的盡頭，可是，有我們在，**我們在一起就夠了不是嗎？**

不曉得睡了多久，我醒來後芊嫙半坐在床上用大眼睛骨碌碌的望著我，那眼神疑慮中帶著一點點驚恐，我也望著芊嫙，雖然很想講話但卻一句話也跑不出來，看著芊嫙就像看著剛出生容易受傷的小生物一般。

「你……是哥哥嗎？」芊嫙說。

「哥哥？」

我望著芊嫙，腦袋還沒反應過來，那是一種很奇怪的感覺，雖然失憶症常在電影裡上演，可是現實上遇到了還是非常陌生，那有一種徒然的氛圍，我們的曾經就像被打碎的玻璃紛紛掉落到地上，碎了、沒了，無力感油然上身。

此時雅姐剛好回來，她很擔心的坐到床邊跟芊嫙說話。

「芊嫙，看著我，我是雅姐，妳還記得嗎？」雅姐非常認真的看著芊嫙。

芊嫙的眉頭皺了起來。「雅……姐……」芊嫙簡直就像一個驚嚇過度的小動物。

「對，不要緊張慢慢來，我會幫助妳，我是負責來照顧妳的社工人員，來，喝口水吧，慢慢的想，千萬不要急，妳因為受傷而失去記憶，可是芊嫙妳正在恢復中喔，妳做得很好喔。」

「雅姐，害怕……我……害怕。」芊嫙點點頭握住雅姐的手，眼淚很快就掉出來。

「不要怕，乖，芊嫙乖喔。」雅姐擁抱芊嫙。我深呼吸一口氣望向窗外，不忍心看到這個畫面。

芊嫙在雅姐懷裡哭了一陣子，最近每次醒來都是這樣雅姐說，然後持續的安撫她。

芊嫙情緒穩定後望向我，「哥哥，你是哥哥嗎？」那眼神突然充滿期待。

「不是喔，他是樹大哥，來，我們一起看看芊嫙妳寫的日記，裡面有寫到樹大哥啊，不記得的話，沒關係，我拿日記本給妳看。」雅姐從芊嫙的包包試圖找出日記本。

「對不起。」芊嫙一臉失望的說。「我不記得樹大哥了。」

我不記得樹大哥了……這句話使我短暫暈眩。

這一刻，我好像突然想到什麼站起身。「芊嫙，是啊，我是哥哥啊，妳記起來了，太棒了！」

「真……的嗎？」芊嬙笑了。看到她的笑容我很安心。

「當然是真的。」我說。

「樹，你真的要這樣做嗎？」雅姐把我拉到一旁小聲地說。

我點點頭，雖然我還沒有信心扮演阿森的角色，但想起芊嬙的笑容，我又更確定了。

「我不曉得這樣會造成什麼後果，但，我不想再讓她的情緒受到激烈的波動了。就像妳說的，現在任何人對她來說都很陌生，像我這樣陌生的男子更會使她混亂，所以，可不可以就這樣，日記本別讓她再繼續看了，我想讓她寫下新的日記。」

雅姐嘆口氣看看眼神單純的芊嬙又看看我。「看來芊嬙一開始就對你有好感，這樣其實有助於她恢復記憶，或許再過不久她就能記起跟你的回憶，到時候再跟她說哥哥的事或許就沒這麼嚴重了。」

「雅姐……是不是，我又……記錯？」芊嬙的眼神無助地向下沉。

「當然不是，他就是哥哥啊，抱歉，因為兩個人長得太像了，我一下子記錯了，人老了記性差。芊嬙很厲害喔，認出哥哥了。」雅姐連忙解釋。

「妳不用擔心，接下來哥哥會陪在妳身邊，等妳傷好了，我們再一起出去玩好不好？」

芊嫙此刻又掉淚了。「對不起……我都……想不起來……我覺得……害怕，很害怕。」

雅姐示意我去抱抱芊嫙。我走向床邊坐下，輕輕的將她擁入懷中，她就像凹凸拼圖一般很自然的滑入我胸口，雅姐在一旁很驚訝，畢竟芊嫙自從失憶後一直不相信任何人。這個擁抱遲了好久，那個大雷雨的夜晚芊嫙抱著我，抱著樹大哥，是因為我需要一個簡單的擁抱，沒有心機、非關愛與不愛的擁抱，而現在，我扮演著另一個角色——阿森，用我心中僅存的溫度向芊嫙湧去，則是因為這小女孩需要這個人，即便那不是我，我閉上眼，感受芊嫙落在我胸前的淚水，原來，被需要是這種感覺。

□

雅姐與檢察官預約的時間在一個星期之後，這幾天我都要上班所以只能晚上來看看芊嫙，聽雅姐說她母親已經考慮動用律師來將芊嫙帶回去，所以這次跟檢察官的約談就很關鍵，但似乎機會不算很大，雅姐並沒有把握將保護令聲請下來，因為相關的人證物證實在太少，她母親在社會上的人脈似乎超過我們的想像。「如果真的沒辦法也只能放棄，千萬別做出不必要的額外動作喔，這樣只會越搞越複雜。」雅姐語重心長的對我說。

我跟芊嫙漸漸建立起信任的模式，第一天晚上來看她的時候她還不怎麼記得我，而且一醒來就哭，但到了第二天情況就好多了，芊嫙用懷疑的眼光叫我哥哥，到了第三天她就可以完全認出我是她哥哥了，那個晚上我很高興但卻也有點落寞，因為，我真的要用另一個角色來面對她了，如果有一天她記憶恢復時我又該如何面對呢？算了，我決定交給以後再說吧，時間會擺平一切吧我想。

她還無法寫日記，因為一天的記憶很破碎，總是要她想的時候她會不舒服，但是她很喜歡畫小狗，大麥町犬、黃金獵犬、吉娃娃、約克夏等等，我常常坐在一旁靜靜的看著她畫，偶爾給她一點意見，醫生說如果文字不行就先用圖形來訓練記憶，人的大腦對圖形的反應比較強烈，所以第三天的晚上我馬上買了一本狗狗圖鑑送她，照顧她的護士說自從我來了以後芊嫙的精神變得好多了，芊嫙可能有戀兄癖吧我說。

雖然是玩笑話，但我是花了很大的心理準備才說出口，白天我是樹，晚上就變成了芊漩的親哥哥阿森，為此我去記下芊漩爸媽的名字以及出生年月日，也記起阿森的各項資料還有芊漩的資料，擔心芊漩突然要問什麼而我回答不出來，認真的自己好像完全變了一個人，是不是在這個世界上會有一個人讓你用很認真的態度去面對所有事物，就算，在人生的舞台上你已經變成另一個角色了，已經不是你了。

個人資料：

阿森，天蠍座，男，約二十五歲。十二歲動了腦部手術後高燒不止，芊漩那年七歲，十三至十七歲四年的時間在家裡休養，後來送進療養院生活到二十四歲。

之九／因為我們都不想要過得更好

與檢察官的面談時間非常短暫，而且幾乎全軍覆沒，不僅無法聲請保護令，而且還規定要在期限內不得再干預她母親來找芊嬿，會有這樣的結果其實雅姐也不意外，光靠一個有著微弱關係的我來作證一點也沒有說服力，她母親那方面也幾乎是一面倒，沒有一個人認為她母親對自己的小孩暴力相向，這次芊嬿受傷也只淡淡的訴諸於駕車不當造成，畢竟芊嬿已經完全忘記這一切，事發當天也沒有任何筆錄。

那天當我看見她母親穿著簡單俐落的時尚套裝還有散發那優雅出眾的氣質時，當下如果我不知道芊嬿的過去，我也會覺得不可能，在我面前的這個女人絕對不會有家暴傾向，可是實際上卻是發生了，她母親的眼神溫柔，說話的聲音非常好聽，笑起來的時候就像一個慈祥母親做好便當給小孩帶出去的模樣，就連皺眉頭的時候都惹人心疼，讓人覺得她無法帶回自己的小孩簡直是於法不容、於情不合，關於檢察官的對談過程我不想再把細節在這裡詳述，那只是針對這世界上總是有無可奈何的事情又一次的殘酷驗證而已。

「沒有辦法了嗎？」

我在調解委員會外的咖啡廳裡問雅姐，落地窗外面無表情的行人冷漠地穿梭著，空氣中凝結著僵硬的粒子，雅姐轉動著手中咖啡杯，神情有些落寞。

「這種類似案件其實我也遇過幾次，一等血親將孩子要回去的確是合情合理，除非是涉及公共危險罪或是刑法案件，法律才會強行介入，像這樣子我們真的一點辦法也沒有，在社會上還有更多需要幫助的人等著我們，在必要的情況下放手也是對這個社會群體負責，這是社工應該要有的心態。

「我們不是政府以外的慈善機構法人，我們沒有財力、人力也沒有時間，就像軍隊下的救護兵一樣，如果一直在處理其中一個傷兵的問題，那其他的士兵死傷的速度就會增快、增大，最後導致這個機制形同虛設，傷亡就會擴大，我這樣說，不知道你能聽得進去嗎？」雅姐的耳環輕輕晃動，可是那悅耳的聲響無法讓我舒服。

「唉。」我嘆了口氣，低下了頭。

「樹，我知道你對芊嫙有特殊的情感，但是我想你為她做的一切已經很足夠了，我想芊嫙以後不管她有沒有恢復記憶，你在她的心中都是很獨特的。」

我托著腮望向窗外，陷入了沉沉的思緒，我其實可以一走了之，再也不要碰觸這件事情，繼續回到一個人的生活，一個人也挺好的，豎起了尖尖的耳朵露出不算明顯的牙齒，然後繼續武裝、繼續望著荒涼的平原往前走，但……體內的某種東西產生反應，讓我的心酸疼了起來。

「雅姐，我可以問妳一個問題嗎？如果可以的話，我想請妳盡可能誠實的回答我，我只問這一次，不帶任何過去的負面情緒和故事，好嗎？」

「你問吧，我盡可能的誠實。」雅姐點點頭。

「那時，妳從台灣飛去紐約找 Kent 的時候，是以怎麼樣的心情呢？」

雅姐先以茫然的眼神看著我，然後再試著將視線重新聚焦在我身上，一種慢慢將我的話嚼進去後再深深消化的表情，或許是那段故事太過於龐大要不然就是那段時間的心情太過於複雜的表情。沉默了大約三十秒，雅姐緩緩開口。

「大家都以為我是失心瘋，畢竟要去紐約就要先離職，揹負著拋下一切、破釜沉舟的包袱，周遭的人都反對，認為我不應該這麼衝動，這樣對我一點好處也沒有。但其實，我不是因為失心瘋，那種害怕失去他的人生會變得多可怕的心情，不是喔。」雅姐將手中的咖啡杯又拿起來啜飲。「我想，我只是不想要過得更好而已。」

「不想要過得更好？」我問。

「曾經看過一部義大利的電影，電影裡描述著一個專門收購房產的律師跑到一個偏僻小農村為了收購農場改建為度假村的故事，這農場主人也非常窮，律師開的價格幾乎是農場主人將近五十年的收入，而這收購價格對律師來說還算是佔上風穩賺不賠，因為建商給他的價格幾乎是這收購價格的三倍，他至少可以穩穩賺一倍，但因為農場主人屢次的拒絕他，他不得不在這農村中住下來長期抗戰。

「漸漸地，他被村人樂天的個性所感染，度過前所未有的快樂日子，也找到了真愛，最後那農場主人問他：你知道為什麼這個小農村裡的人都過得這麼好嗎？他不解，因為這裡什麼都沒有啊，每個人都很窮，靠勞力過生活，政府在這裡也沒有什麼建設，看起來幾乎是被遺忘的地方，然後，農場主人給他一句話：**因為我們都不想要過得更好。**」

我想我被雅姐所說的故事給震撼了，心裡有股震顫像漣漪一般圈開來。

「所以，其實沒有人會因為誰離開了而自己從體內失去了什麼東西，因為你還是你，他還是他啊，一切都只是心理作祟，而Kent就像那個農村，我就像村裡的人，待在這農村裡我過得已經很好了，而這只是因為我不想過得更好罷了，如果說得實質一點，就是一種安定感，一種守候的感覺，或許下一個會更好，但我只是不想要罷了，所以我飛去紐約，就像村裡的人從外地回到農村那樣，只要有 Kent 在的地方就是我的家，那種回家的心情吧，這樣，算有誠實的回答你了嗎？」

「嗯，我懂了，謝謝。」

「那你接下來想要怎麼做？有頭緒了嗎？」

「不知道，如果能的話，我也想找個像義大利的農村，然後跟芊嬿逃過去生活。」逃，這也是芊嬿的夢想。

「當然，你可以這樣做，不過也要得到芊嬿和她母親的同意，芊嬿早就滿十八歲，她自己可以決定去哪裡，但是現在是特殊狀況，如果你貿然行動的話，她母親是有權利將芊嬿帶回去喔。這要先提醒你。」

我點點頭，可是心中想要把芊嬿帶走的心情越來越強烈。「雅姐，謝謝妳，這段時間妳辛苦了。」

「這是我的工作，沒什麼好道謝的，對了，那個……」雅姐將眼光投向窗外，似乎有什麼難以啟齒。「你還會見到蘇菲嗎？」

「會的，沒意外的話我們幾乎是天天見面，怎麼了呢？」

「請幫我把這個交給她，然後……然後幫我對她說聲抱歉。」

雅姐從手提包裡拿出一紙信封，拿在手上的時候感覺很薄，沒裝什麼東西。抱歉？我心想難道雅姐要承認那事件都是她主導的嗎？

「那天那個白人會搗毀 Kent 的家是我完全沒有預料到的事，他自稱是蘇菲的男友，而當時 Kent 的心又越來越靠向蘇菲那邊，所以我的確也亂了分寸，我想他應該可以幫上忙勸蘇菲離開 Kent，所以請他到我們家來討論這些事，但他卻貪圖 Kent 的錢而將他揍了一頓並搶奪財物，都怪我太容易相信人，後來我更不負責任的將這個罪過推給蘇菲，她沒有錯，但我真的不是故意叫人來攻擊 Kent，有哪個人會找人來攻擊自己所愛的人呢？只是這誤會已經沒辦法用言語來解釋了……」雅姐說完壓了壓額頭兩側。

「錯誤的事情，就會以錯誤的形式凝固在歷史當中。」

我感嘆地說，本來想再問為什麼當初雅姐要在上海跟我說那些話，不過，我想一切都不重要了，錯了就是錯了，回不去也到不了了。

「這就是人生吧，不過你不必向她解釋什麼，只需幫我向她說聲抱歉就好，就像你所說的，錯誤東西已經凝固下來，所以我只能用另一種方式走下去，是吧。」

雅姐嘆了口氣望向窗外。

看著雅姐對往事感嘆的側臉，我深深的覺得後悔以及遺憾這兩個詞對人類來說是多麼沉重，老天並不仁慈，你所做的一切最後都會跟著你一輩子，如果是以錯誤的形式留下來的東西，那就像傷口結痂後皮膚以變形的方式留下來了。

□

二〇一二年一月初，世界已經進行到這樣的年份了啊，坐在電視前的我驚訝地感嘆著，這段時間內我還是固定會去探望芊嫙，盡量避開她母親的時間去，芊嫙講話越來越流利，身體上的傷也漸漸恢復，醫生說再過幾天沒什麼大礙應該就可以辦理出院，到時候再慢慢進行記憶的復健就行，但是看著眼前的女孩即將要從身邊離開，我心中就感到無奈。我不在意芊嫙開心地喊我聲哥哥，我在意的是她即將離開我。

此時電視主播突然報導了熟悉的公司名字，接下來的一則產業新聞：

復興金控為尋求更大的獲利，垂直整合供應鏈以及重新調整公司方向三大目標，在十九日決定將旗下兩家 100% 轉投資的子公司合併，復興金控總經理

表示，由於歐美市場快速變動向下，中國內需市場成長，所以合併案確實可以因應趨勢搶攻中國市場……

復興金控總經理……我喃喃自語然後思考著，後來電視主播在講些什麼我不是很清楚，我大概知道有事要發生了，雖然這不是第一次在新聞裡聽到自己公司的名字，但這是最後一次，因為這家公司將被合併，名字將由另一家公司所取代。

□

合併後的新公司股價隨即大漲，從舊公司股票依比例換取新公司股票的高層人員又因此大賺一筆（在這之前是因為河流案而大賺）。

可是，公司內部卻秘密地進行大裁員，默默為公司付出十幾二十年的老員工被裁，新進人員也被裁，留下來的只剩口袋飽滿的高層人員以及跟高層有特殊關係的員工，整個辦公室籠罩著一層灰暗色的低氣壓，就連日光燈看起來都不太亮，空調也很悶。

自合併案公佈後的這個星期已經裁掉將近五成的人力，每個人面面相覷坐在辦公椅上不知如何是好，擔心下一刻就有人從小房間裡走出來拍拍你的肩頭找你約談，還有中生代的女同事就這樣哭了出來，氣氛凝重。

「這就是現實。」經理麥可在交出識別證後對我說。

的確，這就是現實世界、骯髒的世界，就算再怎麼拚命抵抗還是會被吞噬的世界，坐在這感受不到任何溫度的辦公室裡我漸漸明白了，我辛苦很久的河流案也只是為了公司合併而找的合理藉口，一切都明白了，Kent出任新公司的副總，名稱很響亮，而特助蘇菲任務完成了準備回美國，就這樣導致公司將近一半的員工沒了工作。

而我成功了嗎？不，我只是被撒旦找去當助手的時間比別人早了些，我的心中產生巨大的罪惡感，但那並不是我的良心比別人大，而是我感到相當疲倦想逃離這一切，我試著想躺在病房裡的芊嫙，她快出院了吧，出院後就必須回到她那醜陋的現實世界，我想起她在療養院對我說的話，她想逃，帶著哥哥一起逃到世界的角落。我閉上眼，未婚妻的臉龐出現在我面前，她說：「樹，你永遠不會變的，永遠不會受到損傷的。」

是這樣的嗎？！我的人生到此就這樣了嗎？

我握緊拳身體微微顫抖然後慢慢睜開眼，烏斯懷亞的紅白雙色燈塔彷彿出現在伸手可及的地方，但槍管抵在我的背後叫我繼續往前走，我停下來了，那槍管更用力的戳著我的背到發疼的地步，「走啊！還不走！」背後的那個什麼不斷對我喊著，我的胸腔感到炙熱，必須要做點什麼了！樹，必須要逃！我一直不斷的對自己說，然後芊嬿的微笑在我眼前像向日葵一樣綻放開來。

□

「真的不再考慮一下嗎？我打算將你派到新公司出任資深課長的職位，你的人生才要開始呢，樹。」

蘇菲說。隔天我拿辭職信給蘇菲，對於我想要離職她感到很吃驚，而我想要離職的原因其實我自己也無法用言語來說得明白，可是我非常確定必須得離開，在不崩潰的狀態下我必須要這樣做。

「為什麼要走？我想要知道你真正的理由。」蘇菲又再次問我。

我沉默半晌。「蘇菲，妳覺得妳的人生最能夠被自己掌握的時刻是哪個時候？」

「我想我還沒有一刻的人生是被別人掌握的，除了出生這回事之外，因為那是無法選擇的，由於優渥的家庭環境的關係，更讓我時時警惕著自己什麼能做、什麼不能做，因為我太在乎別人的眼光了。總是會有人說我是含著金湯匙出生的公主、拜金女，從小我就是被妒嫉眼光環繞在身邊而長大的。

「雖然那其中可能有善意眼光，但群體中只要有一個人妒嫉我，那感覺就像整個群體都妒嫉我一樣，要不然就是擁有相當環境的朋友們彼此間無謂的奉承關係，有時候我也會想逃離這一切，可是該怎麼逃呢？我自己也不曉得能不能逃、該不該逃，所以我只好選擇面對、掌握，一直走到今日。」

蘇菲雙手交握放在桌上，相當認真的眼神望向我，她的美麗又再次向我襲來。

「妳知道嗎，我跟妳完全不同，我只有此刻呀。現在、當下，離開這一切是我第一次掌握住自己的人生，我沒有任何理由再繼續走下去，我被命運支配了三十幾年，這是我唯一一次所想要為自己做的決定。」我回給蘇菲一個更認真的眼神，我想那是芊嫙教我的。

「那麼你接下來要去哪呢？」

我搖搖頭。「蘇菲，離開就是目的了，不管去哪裡。」

蘇菲的眼神頓時有些無助，微微的向左右飄動，彷彿在表達『是不是我做錯了什麼』那樣的眼神。

「所以，去美國這件事你也不考慮了嗎？」

「對不起，我必須老實說，從一開始我就沒有把要去美國的事情考慮進去，對不起。」

蘇菲起身走到後方的落地窗向外望去，天空厚重的雲層壓得很低，那如骨頭般的白色光亮籠罩著大地，遠方的大屯山脈像海底礁石的顏色一般暗沉，我望著蘇菲的背影，想到了離別這兩個字，確實來說，離別的氣氛充斥在整個空間裡，她的背影突然顯得很弱小。

「我很羨慕你，樹，原來最沒有勇氣的是我，越是以為自己能夠掌握住一切，結果越是事與願違。回過頭來看，我的包袱似乎都是自己一手建立起來的。」

我也起身站到蘇菲身旁，並且將雅姐要給她的信封遞到她面前。

「雅姐給妳的，還有，她想說聲對不起，對於你們三人之間發生的所有事情，或許妳已經無法原諒，可是，有些事情是無法解釋清楚的，錯誤和誤會固化了，可是生命還是得走下去。其實，我不是有勇氣，而是我沒什麼好失去的了。」

「我不在乎這些了，自從你出現後，我就不在乎了。」她搖頭將信推回，然後轉身面對著我，眼眶打轉著光亮，微溫的空氣從蘇菲臉上傳遞過來。

「我只在乎，還能再見到你嗎？」

「或許……」我說，真的只是或許，而這或許比或許還要微小許多。

「吻我。」

蘇菲閉上眼，她漂亮尖挺的鼻子面對著我，令人心醉。

我靠近她，輕輕的撥開瀏海親吻了她的額頭，百合花香，眼前原本強悍的女人變成嬌柔的小女孩。

「不管你到哪裡，記得給我一些訊息吧，好朋友？」蘇菲睜開眼，伸出手來示意握手。

「我會的，**好朋友**。」我回握蘇菲的手，有些冰冷、有些哀傷。

離開辦公室的時候，我知道我跟蘇菲再也不會見面了，也許，不是我們之間的距離遙遠，而是我自己無法將那距離拉近吧，就像當年害怕接受學妹告白的那種自卑心理，在某種程度下，我就像未婚妻所說的，我永遠不會改變吧。

我輕輕關上辦公室的門，然後將雅姐的信封拆開，裡面只有一張照片，是 Kent

摟著蘇菲在紐約街頭拍的照片，照片背後寫著 2005 Chrismas Day，兩個人穿著厚重的羊毛大衣擠在人群中笑得燦爛，我從未見過蘇菲這樣幸福的笑容，街頭的殘雪好像因為他們的笑容都準備要融化似的。

我不曉得雅姐為什麼要給蘇菲這張照片當作道歉信物，雅姐難道還想要激蘇菲嗎？我不了解，不過我想一切也不重要了，畢竟這世界總是要犧牲或是誤會些什麼，人才能繼續走下去。

「再見。」我在心中淡淡的說，然後將照片用碎紙機處理掉。

□

離職單被簽名同意的那瞬間我的世界好像空下來了，我鬆了口氣坐在辦公椅上，所有不管上級或同事們都變成遙不可及的陌生人，就像在路上擦肩而過的路人一樣，所謂的工作就是這麼回事吧，將某些人聚集在一起給予適當的位置職稱，誰該服從誰，誰的權責是什麼，不能跨出或是應該負責之類的，離職後這些都不算什麼了，就像遊戲一般，除了存簿裡的數字還有不健康的身體之外，我實在不曉得我得到了什麼。

我打了通電話給母親，大致的問候一下家裡的狀況，因為不想讓家裡太過擔心，我只簡單描述一下我會到更遠的地方去生活一陣子，什麼時候會回來還並不清楚，當然，固定的生活費還是一定會給，因為河流案的獎金至少可以撐個一到兩年，這段時間如果有打工的工作，應該都沒什麼問題，如果沒有的話就到那時候再說吧。我的心裡只剩下離開以及在醫院裡的芊嫙，其他什麼都沒有了，還好母親也沒有多問，這也算是我與母親多年來的默契，但話說到一半父親就將電話接過去，並且怒氣沖沖的朝著我罵起來，大概是喝了相當多的酒了。

「怎麼，你把家裡當作旅館是吧？大半年都不回家，一回家又得要趕回台北，你知道你的根在哪嗎？到底台北是你的家還是台中？現在說什麼又要到更遠的地方去生活，你是要去哪，要知道你的根在哪裡，不要一天到晚都在外面鬼混，你是想混到什麼時候，都幾歲了還不結婚，是要玩到什麼時候——」

「爸！」我大聲想要切斷父親滔滔不絕的怒罵聲，心臟跳得很大力，呼吸也急促起來。

「爸爸，虧你還會叫我一聲爸爸，你眼中還有我這個老爸嗎？怎麼樣，唸你幾句不高興了是吧，是不是長大了翅膀硬了就可以什麼都不管了嗎？是想要被我教訓了嗎？你到底知不知道你的根在哪裡，家在哪裡……」父親又開始重複的怒罵，這是他一貫的語言暴力模式。

「爸！夠了沒有！二十幾年了，你到底鬧夠了沒有！」這次我用全身的力氣對電話吼去，話筒那端頓時鴉雀無聲。「我，永遠會是你的兒子，但是請你記得，我也永遠會是我，你也永遠會是你，拜託你好好過自己的生活，不要總是給別人壓力了，我已經被你的陰影害慘了二十幾年，你到底知不知道？

「你隨心所欲做你想做的，我呢？都三十三歲了想到以前被你揍的畫面還會失眠，而如今，我現在做的是我到目前為止人生唯一想做的事情，就算我求你，放過我好嗎？！」

最後一句放過我好嗎用盡了全身力氣，我癱軟般坐倒在沙發前的地板上，心裡澎湃激動，呼吸不協調地亂喘起來，這是我第一次這麼憤怒的向父親對抗，父親是一堵恐怖的高牆，而我就像雞蛋丟向高牆一樣的脆弱，在他面前我永遠都顯得卑微，我胸口感到沉重得難受，就像一記悶棍搥打在肋骨上。

沉默了一陣子，在我想要掛掉電話的時候，父親開口了。

「兒子。」父親的聲調變得低沉而且在電話那頭顯得欲言又止。「打算去哪裡？」

我深呼吸一口氣。「不曉得，也許到東部的鄉下找個有海邊的地方住一陣子，這你別擔心，我自己可以處理。」

然後我掛斷電話，眼眶發熱、喉頭疼痛，這就是永遠割捨不掉的親情，再怎麼冷漠也無法抽離的親情。這時手機傳來簡訊聲。

花蓮縣豐濱鄉台11線55號，請聯絡老鄭，他是爸爸幾十年的老友，如果這對你有幫助的話不要客氣。還有，兒子，對不起。

父親傳來一通簡訊，裡頭包括花蓮民宿的聯絡資料以及一句對不起，這三個字看起來格外陌生和刺眼，刺得我眼睛發酸，我不曉得是否能原諒他、原諒過去，或許本來就是天下無不是的父母，這些種種在十幾年後回頭去看，可能都已經雲淡風輕，可是就現在而言我必須要離開這個地方好好想一想。

謝謝。我回傳給父親，希望他看得見、聽得進去，這個晚上我什麼都不想做，靜靜重複聽著 Suede — Sadie 這首歌然後哭了將近半個鐘頭，孕育我長大的人，即便我不喜歡他、恨他，但我還是得選擇他、感受他、偷竊他、模仿他，而且，最終不得已的，我會變成他，那是生下來就得揹負的罪，那是上天植入我們每個人心中的情感，**那是血液本身流動的原始性殘酷溫馨**，直到我死去。

And I've got to use her, and I've got to choose her
And I've got to feel it, and I've got to steal it
And I've got to be……Sadie

□

隔天一早我就跟老鄭聯絡，由於起得非常早，對方吐著還來不及反應的聲音，節奏也非常慢，老鄭說話有很重的山東腔調，大概是退伍老榮民之類的吧，他的民宿開在磯崎海水浴場附近，是個專門開給衝浪客住的小型民宿，磯崎？我無法想像那裡是個什麼樣的地方，至少有海吧我想，可是我也沒時間去查，畢竟還在台灣並不是在青康藏高原，這是海島的好處，一切到了那時候再說吧。然後我打算用月租的方式來租房間，由於是父親幾十年的老友，所以他一口就答應了也給了很漂亮的價格，反正現在冬天是淡季沒什麼人來住，老婆去年去世女兒也不在身邊，有人作伴再好不過了，他說。

我答應他可以在那邊充當人手幫他打掃民宿，他十分感激。然後我開始著手整理家裡，房子只租到過年前就退租，將不必要的衣物寄回家裡，只帶最小限度的物品上車，書、唱片、簡單衣物、折疊腳踏車、盥洗用品、手提音響以及一把吉他，到了那個地方我想也不需要太多東西。

一切都打點好後已經是傍晚，整理的時間比我想像中還要久，我在空盪盪的書桌前寫了封信給她母親，我想盡可能的坦白，裡頭有花蓮完整的地址以及我的電話，我寫著為什麼會帶芊嫙離開的理由，那是一種保護而不是侵佔，我明白的指出她母親曾多次對芊嫙使用暴力，如果真的是為芊嫙好，就該讓她離開一直等到她恢復再讓她自己做選擇。

當然，如果她母親要動用法律的力量我是一點辦法也沒有，因為我的立場不夠穩固，一不小心就能被控告涉及危害人身自由，到那時候我只能乖乖的讓芊嫙走，「不過在那之前，我會陪在她身邊。」在信裡的最後一句我這樣堅定的寫著。在歷經未婚妻的不告而別、離職以及與父親的那通電話後，我頭一次感受到什麼叫做孑然一身，此刻我的心中只剩下芊嫙還有那一望無際的海。

□

我和芊嫙從醫院離開是在隔日的下午。我將信放在病床上，推著載著芊嫙的輪椅到中庭，然後跟芊嫙坦白的說明一切，包括為什麼要帶她離開，包括過去她母親對她的暴力對待之類的，芊嫙一開始很不安，但最後她選擇相信我，而且她自己也不想天天待在醫院等待著一個陌生女人來將她帶走，在醫院方面因為我幾乎每兩天就來探望芊嫙一次，所以基本上護士和醫生已經很信任我，大家都覺得我很有心，其實連我自己都感到驚訝有這種毅力。

如果是親哥哥就好了呀，其中一個小個子護士還這樣對我說，但不是親哥哥這件事已經在芊嫙面前變成不能說的秘密，為了怕她混亂，她所認知的一切都需要變成既成事實，哪怕事實是假的，不過還好，到目前為止假的只有我而已，不過那已經漸漸變成真了，還好她母親並沒有跟芊嫙說阿森已死的事實，不然她會更混亂吧。

我直接推著芊嫙走向停車場，發動引擎往未知的遠方離去。

之十／所以並不是擁有記憶，心就會飽滿喔

車子穿越雪山隧道後看見蘭陽平原溫柔的暮靄景色，陽光已經躲到山脈後面去，一層淡藍色霧氣飄蕩在平坦的原野上，淡雅而恬靜，望著這樣的景色，原本一直在緊張的芊嫙的表情也漸漸和緩，我想她應該也很不安吧，因為眼前的所有景象都是陌生的，對未來更是感到空洞，我輕撫芊嫙的頭髮對她笑了笑，然後打開音響讓音樂飄散出來，The Beach Boys — California Dreaming，芊嫙隨著音樂節奏輕輕搖擺，臉龐的笑容勾起漂亮的曲線。

「妳知道嗎，妳很喜歡他們的歌喔。」

「他們是？」

「海灘男孩。」

「真的嗎。那，我……我是怎樣的女孩呢？」

「很可愛喔，但有時候太過衝動了，妳在學校的時候因為看不慣高中部的欺負妳們，所以妳還揍了那一班的女生喔，因此還被記了大過呢，最後妳就乾脆不讀

了。」

芊嫙瞪著大眼睛望向我。「我還會打人喲……天啊。」

「是啊，妳還記得妳的口頭禪是什麼嗎？」

芊嫙搖搖頭。

「你是腦袋有洞嗎？」說完，我們兩個都笑了，芊嫙的笑靨很真實，真實得讓人心疼。

「哥，你的病是什麼時候好的呢？我只記得，你一直躺在床上發高燒，我好像有幫你換過毛巾，爸媽常常不在家，那時候家裡陰陰暗暗的，我常常握著你的手躺在床旁邊睡覺，你還記得嗎？還是我記錯了。」

「沒有喔，妳記得很清楚呢，後來高燒退了我就好了呀，然後我到外地唸高中，所以我們見面次數就變得很少了，大概只有放假的時候我們才能見面。」我說。然後心裡想起阿森的模樣，在心裡嘆了一口長長的氣。

「是這樣呀。」芊嫙有點半信半疑的表情，這讓我不禁捏把冷汗。

由於天色已晚，我們在宜蘭住了一晚隔天再起程往南走，這一晚是我第一次睡得這樣順利，一點夢境也沒有出現，不知不覺無聲無息的沉入深海底部的那種睡眠，睡醒的時候我得到了前所未有的好精神，那有如重獲新生一般的陽光從旅館窗簾縫隙穿透進來，我拉開窗簾，湛藍天空廣闊的撲向地平線，幾朵飽滿的雲緩慢飄動著，冬日的陽光是旅行的好時機，繼續往前走吧！我心裡舒暢地說。

我們在蘇澳吃了點海鮮買了水和餅乾就繼續的朝蘇花公路前進，沿途在車內我們一直不斷重複聽著 The Beach Boys 的 CD 然後漫無目的地聊天，芊嬑顯得開心極了，彎曲的山路就像蛇一般盤踞在山腰間，經過東澳灣的山頭高點後，那溫柔的藍海就動也不動地幾乎黏著般平躺在天空之下，陽光間歇從樹的縫隙像碎黃金一般灑下來，遠處的海在斷崖下方排成一列彎曲雪白的浪，但這樣舒暢的旅程沒有維持很久，因為蘇花公路的崎嶇難行讓我和芊嬑都吃足苦頭。

「停車！我想要吐。」我在靠近花蓮市區的馬路旁讓芊嬑下車嘔吐，甫下車就發現花蓮的空氣乾淨得不可思議。我一邊拍著芊嬑的背一邊想著，然後，我們坐在路旁的公園椅上休息片刻。

陽光很和氣的灑在這乾淨的東部縱谷裡，馬路上車輛愜意的穿梭，下午兩點，男人戴著耳機遛狗跑步、老伯伯牽著老婆婆的手慢慢過馬路，小孩揹著書包開心的打鬧，我甚至懷疑台北和花蓮根本就不在同個星球上，台北就算晴空萬里也不及這裡的微風吹拂，這裡的人都怎樣在活著呢？應該沒有寂寞憂愁這東西吧。
「嘿，哥哥，你真的是我的親哥哥嗎？」芊嫙大口深呼吸後問我。
「當……當然是啊。」我吃驚的回答。心想該不會她早就恢復記憶了吧。
「其實，我對你有一種很熟悉但又有點陌生的感覺，這一個月以來你常常來看我，當你離開的時候，我有一種揪心甚至心酸的感覺喔，好像自己心愛的玩具被人搶走那樣，對親哥哥應該是不會這樣吧，親人之間不應該如此，所以有時候我會思考，是不是我以前曾經愛過你，你也愛過我，只是我忘記了，然後你默默地守護在我身邊，這樣。」芊嫙吐吐舌頭抓著後腦勺。「就像科幻電影一樣。」
「妳想太多了啦，也是有兄妹情啊，哥哥對妹妹好，本來就天經地義。」我摸摸芊嫙的頭心虛的回答。
「還有啊，媽媽真的對我使用暴力嗎？」芊嫙問。
「是的，我其實到後來才知道，所以這也是我一直要帶妳一起走的原因。」
「這樣啊……怎麼有媽媽會對自己女兒動手的呢？」芊嫙嘆了口氣。「還有啊，有時候我也會想，就算你不是我的親哥哥那也無所謂了，因為你對我真的很好很好，我很喜歡你喲，真的。」

我點點頭，心中感到一股強烈暖流。「再過一段時間等妳記憶恢復過來的時候，我想一切都會明朗了，到時候妳可不要真正愛上我喲，妹妹。」

我差點就想要抓著芊嫙的肩膀說我是樹大哥呀，妳記得嗎，但我並沒有這樣做，還是別讓她受到太大的情緒波動好了，或許她也會接受樹大哥這個角色，但畢竟她還是想不起來，在真正還沒變成樹大哥之前，還是以阿森來面對她比較心安，等時間來解決一切吧。

切入台11線後一直都是平坦直順的濱海公路，我將車窗搖開一點縫讓冰冷的海風吹送進來，左方是像床一般柔軟的太平洋，右方的山脈連綿不絕的起伏著，天空的雲朵像退潮後波浪般的沙灘，陽光將那沙灘的邊緣都染上金黃，揉合成無法言喻的綺麗天空。

「哥，天窗打開，快！」我按下按鈕，芊嫙搖搖晃晃的站起來從車頂露出半截身體。

「小心，妳的腳還沒完全好呢，外面很冷喔。」我擔心地說。

此時一列自行車從前方魚貫而來，首位車手的衣服上印有『**我們在環島**』的字樣，芊嫙用力向他們招手「嗨~嗨~」，自行車上的男男女女也親切的大聲打招呼「哈囉～」，我們擦身而過各自前往不同的地方，也懷抱著不同的想法，但我想在某種程度上我和他們的目的是一樣的。

芊嫙站了一陣子，她的腳似乎比我想像中康復得更好，她很有技巧性的慢慢坐下，兩個小手掌相互搓揉著直打哆嗦，「好冷。」她說，這時我才發現她所穿的運動外套實在很薄，我都忘了幫芊嫙買些衣物了，我停下車到後車廂拿件羽絨外套和圍巾給她。

「先穿這些吧，等明天我們再去市區買點衣服。」我說。

「謝謝。」她說。

然後芊嫙用圍巾將我和她的頸部連結在一塊，就像架一座溫柔的吊橋。

「還記得我們小時候常這樣圍圍巾嗎？」芊嫙問。

我呆了兩秒，但馬上就回答記得。

我的心被刺酸了，**只是這樣簡單的小動作在我的世界裡該有多奢侈呢**，今後，我將與芊嫙相依為命了呀，雖然她就在身邊，但我還是忍不住想像她笑出來很漂亮的虎牙，頓時，我很想回頭看看那拿槍指著我的那個東西還在不在，因為我的背部已經鬆開了，被逼著往前走的日子真的結束了嗎？我不曉得，我只知道風不自覺的吹拂著我們，海浪不自覺的拍著礁岩，我的嘴角不自覺的上揚，我只知道芊嫙在身邊。

經過海洋公園以及附近的民宿區後，就進入幾乎無人煙的山區道路，雖然是山區道路但只要地勢高一些就能看見海浮上來，冬日下，枯黃的山丘隨意隆起，被夾在中間的道路就顯得曲折而狹小，這段路，除了山丘、偶爾浮上來的海，還有在某幾處缺口有原住民的漂流木裝飾有點腐朽有點驕傲的站立在安靜角落之外，就只剩下台11線定點的公里數路標了，此時連迎面而來的車輛都沒有，我們好像闖進了什麼神話中的遺落國度般，雖然這裡還在台灣，但腦海裡漸漸飄到另一個國境，也許搞不好有一座金碧輝煌的宮殿，也許有一座孤獨的燈塔飛著成群的海鷗，也許有一整排高級度假村和滑翔翼四處飛翔，我的想像悠遊起來，人只要到廣闊的地方全身就會像蛋糕一樣柔軟。

「芊嫙，妳覺得接下來會到什麼地方？」我不禁脫口而出。

「被一堆可愛的狗狗圍繞，每天都有提拉米蘇和奶茶可以吃，還有漂亮衣服可以穿的地方。」

我笑了。「如果那邊只有一片無聊的海洋，一棟無聊的房子，一個無聊的哥哥呢？」

「不會喔，因為我還是會被狗狗圍繞，每天都還是有提拉米蘇和奶茶可以吃，也有漂亮衣服。」

「為什麼？」

「因為我有無聊的哥哥會實現這些願望呀。」芊嫙咯咯笑著。

「想得美。」我說。

經過芭崎瞭望台，然後轉了兩個幾乎是賽車手等級的髮夾彎後，眼前的海呈現扇子形狀向視線的兩旁拓展出去，冬天的海和夏天的海不一樣，越靠近它的時候就越有一種冷冽感，海浪聲就像碎冰互相撞擊一般洶湧傳過來，終於到了磯崎，但四周的景物仍然沒什麼變，山、海和單線道的柏油路以及散落的矮民房，身旁的芊嫙緊抱著大衣四處眺望風景，這如半月形的沙灣正覆蓋著白色浪花。

我在一間名喚海山商店的舊式柑仔店停了下來，把老鄭的民宿名稱給裡頭一位老太太看，老太太正在午睡，不過她一見到我們來就很親切跟我們打招呼，我買了兩瓶冰綠茶，老太太從老舊但維持得很好的冷藏櫃裡拿出來，一瞬間看到城市中也有的綠茶飲料讓我有種非現實感，好像這東西不應該存在在這裡似的，我們坐在商店前的木板凳上喝著綠茶，板凳旁立著一只公車站牌，上面的橘漆斑駁掉落，我們抬頭望著天空一動也不動的雲，時間彷彿也跟著雲凝凍起來，連閉上眼時都感覺到一陣暈眩。

□

老鄭的民宿位於海水浴場後的一個小山坡上，沒有任何標示和招牌，車子到了山坡下就只能看到一條用木頭構造而成的羊腸小徑，必須要用走的才有辦法進去，這也是老鄭的中心構想「**到了遠離塵世的地方，我們親近這裡的土地，請慢慢的走進來。**」民宿都是預約制不接受散客，但是當然偶爾會有半路需要幫助的揹包客或是迷途的外國旅客，老鄭都會很大方的招待他們，老鄭堅持做有機食物而且還免費提供衝浪板以及單車使用，三棟兩層利用清水混凝土構成的建築體一字排開，面海房有六間。

四周圍繞著闊葉樹林非常安靜，海風走到這裡就好像缺乏興趣般不怎麼進來了，現在冬天院子裡灑落一地的枯黃樹葉，靜得只剩下我們踩踏在枯葉上的沙沙聲。

在夏天的時候這裡房間都是供不應求，基本上都是熟客，而且都是在社會上有一定財力以及地位的人物，這間民宿有個最大特色，就是每間房間都有獨立出入口，民宿主人並不會打擾到客人，所以只要來過一次的人都會再來，回流率幾乎接近七成，很難相信這樣的民宿只靠老鄭以及兩名住在附近常過來幫忙的老婦人維持，所以他很感謝我能過來久住並充當人手幫忙，雖然我也不知道會待多久，但我一到這裡馬上就有好感，如果要叫我永遠待在這裡我也許不會排斥。

安排的房間不會租給別人所以沒有面海，不過有地方安居已是萬幸，大致上像學生宿舍一樣，兩張單人床中間隔著一條走道，兩個簡單衣櫥和書桌還有電視、冰箱和獨立的衛浴設備，採光窗內嵌在兩側，空間比我想像的還要大，老鄭親切地幫我們安頓好後，就走到外面院子中央燒樹葉順便放地瓜進去烤。

老鄭身材虎背熊腰非常壯碩，據說以前在金門遇過八二三砲戰，之前是父親在軍中的學長，後來還一起做過生意，他兩鬢霜白、頭頂已全禿，笑起來的時候瞇起眼就像個彌勒佛般非常容易親近，芊嫙一直叫她鄭老爹逗得他很開心，不過他還是堅持讓我們叫他老鄭就好。堆著像金字塔一樣的樹葉和枯枝叭吱叭吱的響著，那上方飄著一縷白煙直直的往上竄，到了超過四周樹林高度後就馬上被海風吹散，圍著茶色圍巾的芊嫙抱膝蹲在一旁好奇的望著，我拿著鐵耙在幫忙收集落葉和枯枝，落葉積了大概有腳踝的深度，這個空間我們雖然距離不算近，但只要輕輕發出聲音就能聽得很清楚。

「這裡以前是個樹林盆地，中間硬是被我挖出個坑來建民宿，所以一到了冬天，落葉和枯枝真的處理不完呀，冬天我不太雇人來幫忙，剛好阿森啊，你來了，這樣到了夏天我啊，也不擔心了。」

老鄭說，一邊用鐵夾翻轉地瓜，芊嫙拿起不知哪找來的扇子在旁邊搧著。聽他說話實在很有趣，總是我啊、阿森啊、芊嫙啊的叫。

「老鄭，你就不用客氣了，反正來這邊也是閒著，就直接分配工作吧。」我說，本想跟他聊一些父親的事，可是我發覺我對父親一點也不了解，所以作罷。

「我也要幫忙。」芊嫙舉手說。

「妳喔，妳會什麼？」我笑著說。

「我會的可多了，我……」

芊嫙一副很認真的模樣，眉頭都皺起了，那表情讓我心酸，因為我知道她努力的思考卻想不起任何事，我無法感同身受這樣的感覺，有點責備自己剛剛說的話。

「芊嫙啊，妳看起來就是很乖又聰明的樣子，幫我打掃房間好了，換床單、吸地、擦桌子這些，我啊，會教妳的，很快就學會，放心喔。而且搞不好妳以前就很拿手了喔，這樣應該有幫助記憶。」老鄭替我解圍，在一見面的時候我已經大致上講過芊嫙的狀況，我用眼神向老鄭謝謝。

「那，阿森啊，你就幫我整理院子，還有定期開車到花蓮市區補充生活用品，偶爾巡一下四周有沒有野生動物誤闖，每天工作大概中午就結束，其他的時間我啊，不會打擾你們，對了，在一樓有一間圖書室，裡面有許多書和CD，這也請你們幫忙整理，然後你們可以盡情使用它別客氣，三餐你們就固定使用廚房的東西煮就好，相信食材都很足夠了，我啊，也會固定煮點東西，住宿客人的餐點我會請阿姨她們處理，大致上是這樣，可以嗎？芊嫙。」

芊嫙沒有說話默默用她的手扒開地瓜吃，金黃色的地瓜冒出霧氣，我放下鐵耙也蹲坐到她的旁邊。

「小嫙，沒有問題的，慢慢來。」我說。

「哥，我是不是很沒用？我什麼都不會呀，因為我什麼也記不起來，到底之前在做些什麼，怎麼做，我都沒有任何印象，那就像一層很厚的紗，光穿透得進來，但我卻完全看不見外面的風景，心空空的什麼都沒有，彷彿空殼。」

「妳知道嗎，其實在某種程度上大家都一樣，我也一樣，這裡空空的。」我指了指自己的心。「妳知道蟬嗎，夏天會唧唧叫的那種蟬。」老鄭靜靜聽著，煙靜靜冒著，偶爾有鳥叫聲閃現。

「知道。」

「牠從出生到死亡大概只有一週的時間，目的只為了繁衍後代喔，一出生就賣力的叫直到死亡，只有七天，根本不用談什麼記憶，但我覺得蟬本身對生命的意義就比人類來得深，哪像我們，記得一堆狗屁東西卻完全不曉得來到這世界上有什麼意義，每天有如行屍走肉一般，就像妳所說的空殼，而且這種人才是真正的空殼，**所以並不是擁有記憶，心就會飽滿喔。**」我說，這樣的話我想也只能對芊嫙才說得出口，自己都非常訝異。

芊嫙點點頭，笑容漾開了，老鄭拍了幾下手。「阿森啊，說得很好喔，為了這句話，我啊，決定弄一桌好料的招待你們，歡迎你們到來。」

「好耶。」芊嫙笑得更開心。

「我說，妳好像小狗，看到食物就猛搖尾巴。」

「正確來說是失去記憶但卻記得食物的小狗。」芊嫙笑著說，我們三人都笑了。

□

晚餐的確沒得挑剔，讓我們都驚呼連連，除了有機蔬菜所做成的輕食料理外，老鄭還特別作了京滬菜，有咕咾肉，用普洱茶葉醃製而成的茶鴨，還有北京炸醬麵和餃子。

「北方人習慣吃麵條兒和餃子，你們嚐嚐。」老鄭說。

吃咕咾肉的時候我突然想起跟蘇菲在上海相處的那幾天，既魔幻又帶有真實，我永遠忘不了她轉身對我說三毛的那一段話，來生要做一棵樹，然後我心跳的感覺，但那感覺現在就像無法穿越的平行時空裡的另一個世界，心，在那裡靜靜的活著。

我們非常滿足的吃飽後，芊嫙幫忙收碗整理，我也幫忙將沒吃完的食物打包放進冰箱，當我轉身看著芊嫙和老鄭邊忙邊笑的背影，突然有一種永遠的畫面，我想這就叫作永遠吧，如果是這樣生活一直下去的話。

老鄭找我到院子的台階旁抽菸，但到了外面後才知道老鄭早在五年前就戒菸，大概只是想找我聊聊，我的菸也早就抽完了，來到這菸癮就像空氣般消失無蹤，我們靠著欄杆聊天，風柔軟而冰冷的吹拂著，夜空繁星如散落一地的珠寶，足以讓人頭暈目眩，從身後圖書室裡透出淡色的黃光，裡頭的芊嬿正在聽音樂，靜靜的飄出Sheryl Crow — The first cut is the deepest，不曉得芊嬿是不是真的喜歡這首歌，不過她真的挑了一首好歌。

「不好意思，老鄭，麻煩你幫我一起演戲了，我是擔心芊嬿，所以——」

「不用客氣了，這點小事，只是私底下我可以叫你樹吧。」老鄭打斷我的話。

「嗯，當然。」

「樹啊，你真的長大了，那時跟你爸爸做生意很忙，每次看到小時候的你總是悶悶不樂待在一旁，現在的你開朗多了，不一樣。」老鄭手指勾著一杯熱紅茶。

「是嗎？」我說。然後噤聲不語，踩著腳邊的落葉沉默。

「你爸爸很聰明，做什麼事都很優秀，但就是性子急了點，當初在砲戰後期因為貪圖速度不按照程序處理未爆彈被關了好久的禁閉，幸好炸彈是在部隊離開後爆掉，傷了幾個兄弟不過並無大恙，要是他們晚點離開，整個部隊就直接消失了，從那個時候他好像就完全變了一個人，自信心完全不見了，做起事來都畏畏縮縮，就算可以勝任的事他也都只做到一半，他總是說：為了保險起見，他的自卑一天比一天更深，一直到結婚生了孩子後才好了點，他有跟你說過這件事嗎？」老鄭喝了一口熱紅茶。

「我對父親完全不熟，所以，我也不知道從何講起。」我搖搖頭。

「我想，他對你們很嚴格，也大概是因為那起未爆彈的事件吧。」

「豈止嚴格……簡直……算了，對不起，老鄭，我實在不想討論我爸的事，關於他的種種我其實都不太想知道，也沒什麼興趣。」我嘆了口氣繼續望著如銀河般的天空。

「我啊……」老鄭搓了搓他光滑的頭部然後咳了幾下，空氣有些冰冷。「我老婆離家出走跟別的男人跑了的時候，女兒才七歲，我每天都恨不得去殺了她，失眠、憂鬱、體重直線下降，靠藥物度過了好幾年，後來老婆被診斷出得了子宮頸癌，而且還是末期，當時就只剩下半年的時間了，她男人當然也離開她找別的女人去了，她很想見我，但我啊，一次都沒有去醫院看過她，一直到她含著遺憾死去。

「我女兒非常不諒解，所以也很少來找我，所以我一不做二不休就乾脆從台北搬到這裡生根了，眼不見為淨嘛，我啊，後來常常在思考原諒這兩個字，但是到現在我也還沒辦法完全參悟，因為我啊，知道自己從來沒有一刻原諒過她，可是這就是我，怎麼也擺脫不了啊。」老鄭啐了口痰到地上。

眼前這個把民宿整理得有條不紊的老男人竟然也有這樣的過去，我不禁感到吃驚。

「我只是隨口聊聊，並不是要給你什麼意見，我不太清楚你和父親之間的問題，所以你不用想太多。」

「我了解。」我蹲坐下來，手裡拿起一片落葉把玩。「我的未婚妻也同樣離開我，某一天她突然回來告訴我一些事情，叫我要放下仇恨，要原諒父親，不然帶著仇恨逃到哪裡都一樣，然後又再次離開我。所以，我想我也跟你很像，無法完全參悟原諒這兩個字。」

老鄭走到我身邊，靠近的時候才發現他身上散發一股令人心安的檀香味，他厚實溫暖的手掌放在我的頭髮上摸了摸。「你還很年輕，有些事情放到後面再說吧，到了以後心變得柔軟時再說吧，你現在眼前有更重要的事，就是芊嫙啊，你要好好對待她喔。」

胸口一陣哽咽讓我無法說話，我點點頭代替回答，抬起臉望向天空，讓卡住的喉嚨得到些許舒緩，星星依然不停的閃爍著神秘。

□

接下來的日子過得既規律又平靜，我非常享受這段幾乎忘記時間存在的日子，我想，遠古混沌時代的眾神在天堂也是這樣在過生活吧，從不在意時間年紀不在意星期一以及星期五，這段時間我都忘記她母親的存在了，她一直都沒有來找芊嫙。我們確實地、快樂地工作，芊嫙整理房間也越來越上手，速度又快物品也整理得很到位，我想她的記憶一點一滴在恢復中吧。

在這裡工作並不會覺得有任何疲累，我甚至越做越起勁，連老鄭的廚房工作也被我包攬了一半，每天早上起床的時候，一股凝膠似的力量灌滿全身，我都會到海岸邊騎車或是跑步，一邊聽著搖滾樂一邊跑著，然後再回來打掃院子做早餐，最後再開車到花蓮市區補貨，到了下午時分我會和芊嫙到外面走走，我們喜歡到已經被廢校的磯崎國小散步，滿是雜草的操場旁有一個小堤防，我們總是躺在那上面面對著太平洋聊天。

「這裡也許就是世界盡頭。」我說。

「世界盡頭?」芊嫙不解的問。她還是記不起來。

「妳想想喔，如果到了世界盡頭，等到妳一轉身，盡頭不就變成了起點嗎?所有討厭的事物都不見了，一切結束後重新開始。」我說，心裡有些難過，因為這是芊嫙已經遺忘的心願。如果她能想起來會有多愉快呢。

芊嫙若有所思的點點頭。「我現在就是重新開始呀，只要有哥哥在的話，我什麼都不怕了。」

我對芊嫙微笑。**我也什麼都不怕了**。我心裡大聲的說。

晚上通常我會在圖書室裡唸書給芊嫙聽，不然就是在被星空佔領的院子裡彈彈吉他唱歌，芊嫙在一旁播放著音樂或是寫著日記一邊聽我唸書或彈吉他，這兩個月內唸完了赫曼赫塞的《鄉愁》、村上春樹的《人造衛星情人》還有充滿一堆諷刺話語的《麥田捕手》，芊嫙聽麥田捕手總是笑到肚子疼，雖然我很難想像她能夠揣摩那些美國佬的無賴行為。

還有她常會請我重複唸著人造衛星情人開頭的台詞，我不是很記得，大概就是描述有個女孩戀愛了，那就像是橫掃過廣大平原的龍捲風、摧毀古老遺跡以及將印度叢林裡整群老虎都燒焦般的戀愛，芊漩也想談一次那樣的戀愛，我說這樣要犧牲很多老虎，芊漩只說了一句：「還好不是狗狗。」

我們雖然以兄妹的名義相處，我也完全變成阿森了，可是日子久了，不免產生危險的親密動作，像是她喜歡跟我牽著手散步，颱風來的時候芊漩叫我抱著她睡，不過還好都並未逾矩。最嚴重的那次是在四月中的某個夜晚，芊漩十九歲生日，吃過蛋糕後我們兩個都喝了點酒，芊漩很快就醉了，我抱起她到房間休息，她吵著要跟我睡，我拗不過她只好讓她到我這邊的床躺下，那個夜晚窗外透進淡白月光，窗外的蟲鳴像悅耳的笛音，空氣中浮游著許多情慾。

「哥哥……我，很喜歡……」

芊漩醉言醉語的抱著我，她身上強烈又熟悉的香氣就像黏稠的薄膜沾染我，那一瞬間性慾就像猛獸從深黑的洞穴兇狠的湧出，那導致我堅硬的勃起，我想要掙脫芊漩，但是她越抱越緊，我的心臟奮力跳著幾乎就像是要從口中蹦出來，不行！我的理智徘徊在斷崖邊緣，但芊漩突如其來的一個深吻讓我墜落。

「老虎……要燒焦了……」芊漩說，然後又再次拉著我向她的唇靠近。

我們就像洪水破堤般擁吻著，芊漩的身體散發著靠近成熟卻又有點膽怯的那種魅惑，皮膚的彈性處處述說著強悍的青春，我撫摸著她的背她的腰以及與她年紀不成比例的偌大乳房，嘴唇幾近疼痛，她本能性，不，應該說我也本能性的全身放鬆就讓原始的性慾帶著我走，深鎖的門被撞開了，接下來會走到哪裡去呢？我們這樣，到底會走到哪裡？我帶著興奮但又有點哀傷的心情吻著她，突然她將我翻到她的上方脫去我的衣服，她也解開她睡衣的鈕釦，我的性器隔著衣物毫不考慮堅硬地頂著她的私處。

這時我才驚覺到芊嫙不是小孩子了，她只是失憶，智能並沒有退化，她也是一個擁有完整成熟胴體的女性啊，我趴回芊嫙的身體吻著她的脖頸，香氣更滲透到我的心底，我是如此貪婪的著迷這身體、這張臉、這個女孩，原始的愛戀牽動著我全部，我就快忘記我是誰了，芊嫙開始動手要褪下我的褲子，這個動作使我緊張，那一瞬間，有一道白光閃過，是理智，理智像一把利刃從我的後腦用力插入，我的頭感到劇烈疼痛。不行……我開始小聲的唸著，芊嫙還是緊緊抱著我……

「不行、不行、不行！」我用盡力氣大聲的喊。芊嫙被我嚇得停止動作。

我狼狽的起身跌坐在床下，芊嫙坐在床上用哀傷的眼神看著我，我的心底湧出強大悲傷，為什麼，我不能是樹呢？但如果是樹的話，我就能愛芊嫙了嗎？我的身體就好像兩邊有人在拉扯，一邊是樹，一邊是阿森，我就快要被撕裂了。我們中間的空白停止了好幾秒鐘，然後我轉身衝出房間，一路上一直奔跑，奔跑，我跑下山坡到海岸邊大喊，猛力的亂喊直到筋疲力竭，眼淚好不容易被止住沒掉出來，可是我的心已經破了一個大洞。當儲滿情感的槽被穿破氾濫時，我還有力氣繼續扮演現在的角色下去嗎？那晚我被深深的寂寞與痛苦吞噬，陷入無法自拔的黑洞中。

□

芊嫙被她母親帶走是在五月初的一個早晨，闊葉樹林都已長成形準備迎接夏天到來的一個晴朗早晨，一輛銀色賓士停在山坡下，她母親來了，還帶了一個西裝筆挺、說話頭頭是道的律師，老鄭當時去附近補食材，今天的客人也都還沒到，整間民宿只剩下我和芊嫙還有他們二人。芊嫙因為生日那晚的行為而跟我的話漸漸變少，兩人之間的話題只剩下工作上以及生活上一些問候，我也搬出了芊嫙的房間自己獨立住，尷尬的空氣充斥在我們兩個之間。

「你知道，你這跟綁架沒有兩樣嗎？我可以告你的，樹。」她母親眼神很銳利的刺著我。

「樹？」芊嫙在一旁非常不解。

「他不是妳哥哥，他一直都在騙妳啊，芊嫙，妳真正的哥哥他因為一次意外去世了，我一直還沒告訴妳是因為怕妳受到刺激，可是這個人，這個人卻把妳帶到這樣偏遠的地方來，不懷好意。」她母親的語氣平穩堅定，我很生氣但又無奈，這時候總不能指著她母親鼻子大罵，這樣會更混亂。

「我沒有不懷好意！」我說。

「你有權利保持緘默，接下來我會請律師跟你說明一切的，芊嫙我今天一定會帶走，之前我因為工作太忙沒有時間處理到這部分，所以請你千萬不要做什麼無謂的舉動，這樣的話，我還會謝謝你這幾個月照顧芊嫙。」

我握著拳頭微微發抖，芊嫙在一旁已經捂著臉開始哭泣，我想要安慰她但卻一點立場也沒有了，律師翻開手中的資料夾開始說話，可是我已經完全聽不見他到底在說些什麼，我什麼都沒辦法做只能任人宰割。

「我曾說過，你不是哥哥也沒關係，因為你真的對我很好，這句話是真的喔，我沒有覺得你騙我，我會哭是因為原來真正的哥哥死了我卻完全不曉得，我想我必須離開了，我現在非常非常混亂，讓我自己一個人好好想一想也許比較好，我也不希望你被媽媽告，我們應該有一天會再見面吧，謝謝你為我所做的一切，熟悉的陌生人，樹。」芊嫙整理好行李後走到我身邊說，樹這個字從她嘴中發出來就真的好像只是叫一棵樹一樣冷冰冰的。

「對不起。」我低下頭說。

「不要說對不起，這樣我會難過。」

我伸手擁抱住芊嫙，用力的、用心的擁抱，可是卻太晚了。

「再見。」她說。

「再見。」我說。

之十一／來不及説聲想念妳

而後又過了一年多，我已經不太記得時間這種東西，不曉得是花蓮讓我失去這種能力還是芊嫙。

有時候我突然會很自暴自棄的想，原來把芊嫙帶到花蓮去也是我自私的個性下所造成的後果罷了。我回到台北是芊嫙離開後的那年秋天，經過整個忙碌的暑假旺季後我就走了，因為她離開後我才發現，沒有芊嫙的世界盡頭就不算是世界盡頭了，我哀傷地工作、空虛般地度過生活，連書也都看不下去，眼前的海洋美景以及寂靜的四周都使我快要瀕臨發瘋，老鄭把這半年多來我在這工作的薪水給我，叫我回到城市去接觸人群一下，心想真可笑，當初就是在擁擠的城市裡不開心才出來的，現在卻又要再投入那灰色叢林當中。

□

回到台北我簡單找個勉強維持生活的工作，幸好自己的工作經驗還算符合社會潮流，不然都這把年紀了也很難有公司會錄取我，新工作是個正常上下班的小型貿易公司，薪水不高但至少工作還算輕鬆，幸好那半年我並沒有花費太多錢，手頭上的存款也還夠。而芊嫙一點消息也沒有，沒有聯絡資料，況且她也不記得我了，要再度遇見她簡直難上加難。人，失去什麼東西就真的只是嗖的一聲而已。

然後我回到台中參加相親，母親苦口婆心的為我四處找對象，我已經拒絕多次，最後不得已才硬著頭皮參加，我跟那女生交往了一陣子，不長吧，我記得大概三、四個月，然後在一個下著細雨的夜晚吵架分手，沒辦法，我實在提不起勁去愛她，女生曾經多次暗示要結婚，我看著她卻無法認真記起她，記憶在狹小的縫隙中掙扎，那是個很可怕的感覺，人就在身旁卻無法記起來她的一切，芊嫙是不是有過這樣的感覺呢？分手的理由很類似，她也是覺得我很自私、很沒用，所以不想浪費時間就直接分手，分手不到一個月她就嫁給一個電腦通路商的小開，分手不到半個月我就幾乎快忘了她。

背後那堵槍管又回來了，「嗨！」我無奈地跟它打聲招呼，就像星期一早上在辦公室遇到同事一樣，可是它不理我繼續逼著我前進，生命總是會逼迫你走下去，我彷彿又回到原點，有時候我會想起蘇菲，但我並不後悔沒有跟她去美國，有時候會想寄封信給她，但卻又覺得麻煩而作罷，她就像遠方美麗的風景永遠保留在我心底，希望她過得很好很幸福。公司位於敦化南路靠近仁愛路附近，由於房租太貴所以我必須每天從板橋通車到這裡上班，還好這附近的環境我很喜歡，下班後我經常一個人散步想想東西，不想這麼快就回到空盪盪的房間裡，那使我窒息。

□

今晚台北被薄薄的霧給覆蓋著，偶爾還飄下柔軟的細雨，現在是什麼季節呢？應該是秋天吧，路上行人都穿著薄長袖衣，算了，那也不關我的事。我慢慢的走到接近忠孝東路的老咖啡，點了一杯義式冰咖啡後就坐到靠窗的位置望著敦化南路上來往的車輛，車輛聲如海浪一般穿梭著，海浪……我經常的想起芊嫙，我想念與她相依為命的日子，即使那是用另一個角色，但卻填滿了我生命中所有空缺，毫不掩飾的染亮我生命中的空白。

我突然想寫些東西，於是我打開公事包拿起 A4 大小的筆記本打開寫，冰咖啡送到桌上的時候號碼牌被拿走，周圍的人嘻笑打鬧，討論著哪個明星說了什麼話，哪個政黨很無能、哪個網路正妹胸部是假的，這世界依舊無比紛亂，我專心地寫著，周圍的聲音就漸漸消失，只剩下心中的海濤聲……

我　來不及對妳說　我　來不及為妳做
星空發亮著　海洋早已說　我一直都在注目著妳
山脈連綿著　花草早已說　我一直都是依附著妳
但我卻來不及為妳　唱首情歌
就像　成熟的果實太晚摘落　留不住香甜
我就是來不及　說聲　想念妳

我看了看這些文字，嘆口氣，我想我做什麼事都來不及了，不只是年紀上或是相遇的時間。我將筆記本闔上放回包包裡。我在老咖啡待了一陣子，好久沒買書了，由於我的書都捐給老鄭，所以突然想要買點書，於是我又慢慢沿著敦南的人行道走到誠品，敦南誠品總是夜越深人越多，我四處的瀏覽一下好像沒什麼想買的書，於是我又往更深的文學區走進去。

架上看到了《其實你不懂愛》，《人造衛星情人》，我將它們抽了出來翻一下，回憶往事也像翻書一樣不斷的浮現，我想起燒焦的老虎和不懂愛先生，心裡一陣悶酸，然後我又看到了《麥田捕手》和《鄉愁》，也都將它們抽了出來拿在手中，抱著的時候沉甸甸的，這簡直就像是為了哀悼芊嬿離去而做的儀式，最後我把書統統都放回去決定不買了，我乾脆地轉身離開誠品。

甫走出門口就看見兩排地攤，人來人往好不熱鬧，我走下階梯深呼吸一口雨霧中沁涼的空氣，看著微溼發亮的地面散步，突然有人擋在我的面前，我本能性的閃開他往左，他也跟著往左，我往右他也跟著我往右，兩個人都閃不過對方，我抬起頭想對他說聲抱歉。

是個女生，她穿著灰色立領雙排釦毛呢大衣左肩揹著 Vivienne Westwood 的肩包，黑色的絲襪拉到膝蓋上一點後就露出白皙的腿，腳踩著黑色亮皮短跟鞋，接近酒紅色微捲挑染的頭髮落在她的胸前，身材也算是中等修長，我沒有很仔細看她，跟她說聲抱歉後就想從她左方閃過去，但她又朝同個方向將我擋下來，好像在玩老鷹捉小雞一樣，我覺得很奇怪，這麼晚了總不會要做什麼問卷調查吧，我再朝她的臉仔細地瞧，有化妝但並不濃，大概是戴了角膜變色片，因此眼珠子是淺藍色的，沒有塗口紅但嘴唇很紅潤，她正對我微笑著，看起來是一個很舒服漂亮的女孩。

「對不起，有什麼事嗎？」我說。
她微笑搖搖頭，那長髮就跟著跳舞。
「我，認識妳嗎？」我的腦袋急速旋轉想要找尋曾經認識過的女孩。
「不對不對，重來一次。」她開口說話了。
我揉揉眼睛再一次仔細的看著她，突然間，我暈眩了，腦海裡的畫面就像快速翻動的投影片發出聲響，嗒嗒嗒……那夜晚的雨、烏斯懷亞的燈塔……嗒嗒嗒……冬日海洋、沾染的香氣……嗒嗒嗒……
「芊漩！妳是芊漩嗎？是嗎……」我從顫抖的口中說出這句話，女孩改變的幅度真大，現在的芊漩已經擁有完全不一樣的氣質了，散發著知性和溫柔的氣息。
她再次搖搖頭。我有些失望，難道是我認錯了嗎？
「不對不對，我說啊，重——來——一——次。」她露出漂亮的虎牙對我笑著，此刻毋須多言。
「西班牙天氣好嗎？」她說。
聽芊漩說這句話時，我的全身肌肉無法再施展任何力氣，眼前一陣白濛濛的，身旁移動的路人和吵鬧的聲音一切靜止消失，我連呼吸都忘記了，這是一種什麼感覺？這是疊加又疊加再疊加的厚重喜悅和興奮，我快要無法負荷，全身就要像粉末一般被吹散到空氣中。

「倫敦在下雨。」我含著將要衝上來的淚哽咽地說。

芊嫙笑得更開心了，眼眶也泛著光亮，對於這一年多來發生什麼事，遇到什麼人、談了什麼戀愛、找尋什麼、為了什麼被找尋……我們都不說話了……只互相注視著彼此，試著去熟悉彼此，我開始想像芊嫙的五年或十年以後的模樣，就算眼前的她接下來註定要離開我和某人結婚生子，即使她以後年華逝去不再青春，我都會一直牽掛著她，芊嫙在我心中永遠是那笑起來會吸收光芒的十八歲小女孩……

我想我能以這樣的心情過下半輩子。

然後，接下來是什麼呢？

接下來……

故事開始。

The End

後記

「逃」算是這本書的主要軸心。

我想，因為我們從出生就帶著不可抹去的東西（例如：親情、家庭關係、遺傳人格……等等），那些是我們逃也逃不掉的，所以每個人的心中都有一雙翅膀，嚮往著有一天能飛向未知的遠方，真實的、純粹的、自我的過生活，但那並不是逃避而是尋找。在創作的過程中，我的情感不斷被樹和芊嫙給用力堆積起來，彷彿是他們兩個在創造這故事而不是我，當他們終於到達花蓮時，那個夜晚我內心澎湃不已而且還哭了一陣子，那就是他們的天堂呀，不是嗎？

在第一本書《愛與，擁有後的遺憾》出版後，我經常想逃，並不是想逃避寫作這回事，而是我想逃到更空白的地方找尋現實殘酷中那一點點溫暖，那並不是浪漫、也不是綺麗的幻想，那是帶著真實帶著一點點眼淚去用力抓住生活中微小的確定感。我不曉得這故事會帶給你們些什麼，但，就像我曾說過的，我想要帶給你們真實，希望，你們能感受得到。

最後，我必須要揹上背包，踏上樹與芊嫙走過的路到花蓮去，去尋找那單純的真實，下次見。

KAI

All about Love ／ *08*

在世界盡頭，愛你

國家圖書館出版品預行編目資料
在世界盡頭，愛你 ／KAI 著.
— 初版. — 臺北市 ： 春天出版國際, 2011.12
面； 公分. —（All about Love ；08）
ISBN 978-986-6000-01-0（平裝）
857.7　　　　100026175

ISBN 978-986-6000-01-0
Printed in Taiwan

作　者　KAI
封面設計　克里斯
內頁編排　三石設計
總編輯　莊宜勳
企劃主編　鍾靈

發行人　蘇彥誠
出版者　春天出版國際文化有限公司
地　址　台北市忠孝東路四段303號4樓之一
電　話　02-2721-9302
傳　真　02-2721-9674
E－mail　frank.spring@msa.hinet.net
網　址　http://www.bookspring.com.tw
部落格　http://blog.pixnet.net/bookspring
郵政帳號　19705538
戶　名　春天出版國際文化有限公司
法律顧問　蕭顯忠律師事務所
出版日期　二〇一一年十二月初版一刷
定　價　180元

總經銷　楨德圖書事業有限公司
地　址　台北縣新店市復興路45號3樓
電　話　02-2219-2839
傳　真　02-8667-2510

08

All about Love

08

All about Love